ナース

山田正紀

ハルキ・ホラー文庫

角川春樹事務所

目次

ナース

われは此処《ここ》に集ひたる人々の前に厳かに神に誓はん。わが生涯を清く過ごし、わが任務を忠実に尽くさんことを。

われは総《すべ》て毒あるもの、害あるものを絶ち、悪しき薬を用ひることなく、又知りつつ、これを進めざるべし。

われはわが力の限り、わが任務の標準を高くせん事を努むべし。

ナイチンゲール誓詞

そんなこた知っちゃいないよ。男なんか当てになるもんか。医者も、警察も、自衛隊も当てにならない。わたしたちはプロのナースなんだからね。男も女も年寄りも子供もみんな治してやるだけのことさ。〝世界〟が病気になったらどうするかって？　決まってる。〝世界〟も治してやればいい。さあ、いいかい、みんな、根性すえな、これから地獄に行くよ。

水島理恵《みずしまりえ》

第一部　撤退

1

「地獄だわ」

と山瀬《やませ》愛子《あいこ》が言う。

「これは地獄よ」

その声がピアノ線のように張りつめて震えていた。いまにも鍵盤《けんばん》が鳴りそうだ。緊張をぎりぎりまでみなぎらせ、そのあまり悲鳴になって張り裂けそうなのだ。

山瀬愛子は、この春、高校の衛生看護科を卒業し、知事試験に受かったばかりの准看護婦だ。十九歳、まだ若い。

愛子は救急車のウインドウから外を覗《のぞ》いている。その顔がガラスに映っている。いつもだったら幼さを残し、希望に輝いているその顔が、げっそりとやつれ青ざめている。せっかくの口紅が剝《は》がれかかっていた。

救急車は山道を徐行運転している。簡易舗装された片道一車線の細い道だ。両側には瘤《こぶ》のつらなった斜面が切り立って森が迫っている。森は猛々《たけだけ》しいまでに密で暗い。

救急車はそこを慎重に走っている。せいぜい二〇キロというところだろう。

移動するにつれ、外の光景がパノラマのようにゆっくりと窓をよぎるのだ。それが愛子の顔に二重写しのようになっている。その顔に、痙攣《けいれん》するように炎が燃えあがり、断続的に閃光《せんこう》がひらめいている。彼女の目にみなぎる恐怖がそのまま外の光景に転写されているかのようだ。

いたるところパトカーの回転灯が赤い鎌《かま》のように闇《やみ》を薙《な》いでいる。その赤い灯が、そこかしこに散らばる何か得体の知れないものを、一瞬、浮かびあがらせては、また闇のなかに置き去りにする。それを繰り返している。

奇妙なのは、いや、恐ろしいのは、回転灯の赤いビームが次にそこを薙いだときには、そのものがどこかに消えてしまっているというそのことだ。ありえないことだった。というのは、そのものというのは、要するに「極楽袋」と呼ばれる死体収容袋であるからだ。「極楽袋」から投げ出され、バラバラになった手足であり、臓器であり、首でもあるからだ。

どうしてバラバラになった手足が臓器が首がひとりでにどこかに消えてしまうことなど

あるだろう。そんなことはありえない。そう、それは絶対にありえないことのはずなのだが。

——何も気にしないことだ。

と愛子は思う。そんなことは気にしないことにしよう。

が、どうして、気にせずにいられるだろう。死体が、いや、死体の断片がひとりでに動くのを、どうして気にせずにいられるものか。

救急車のヘッドライトを避けて闇のなかを何かがひっそりと移動しつつあるのが感じられる。が、それはあくまでも気配のうちにとどまって、実際に、そこに移動しているものを視認できるわけではない。いつも、それは視野の端の、見えないところにとどまり、意識野に明瞭《めいりょう》にのぼってくることはない。が、それでも彼らはそこにいる。確かにそこにいるのだ。

「…………」

その気配を感知し、すばやく視線をそちらに向ければ、とたんに、それは闇の底に没してしまう。気配は絶たれてしまう。そこにはただ暗闇がひろがっているばかりで、何もうごめいているものなどない。気のせいかとも思うが、いや、思いたいのだが、気のせいなどではない。そのことは救急車に乗っている看護婦たちがもっともよく承知していることだった。

彼ら——といえばいいのか、何と呼んだらいいのか、わからないのだが——は慎重にヘッドライトを避けている。それでいながら、執拗《しつよう》に移動しつつ、救急車を追いつづけているのだ。それは誰なのか。あるいは何なのか。

サイレンが鳴っている。いや、サイレンのように聞こえるが、これは悲鳴だ。悲鳴なのだ。

だれかの悲鳴が、アアァァ、、、、と長く、長く闇の底に響いている。響いて、かぼそく、かすれ、いまにも消え入りそうになりながらも消えない。

慟哭《どうこく》の悲鳴だろうか、それとも恐怖の悲鳴か。あるいはたんに生きながら食べられる苦痛の悲鳴でもあるのか。

その悲鳴と前後してケタケタと笑い声が聞こえてくる。笑い声は常軌を逸してヒステリックにけたたましい。あるいは怪鳥《けちょう》の啼《な》き声めいて奇妙にまがまがしい。

楽しくて笑っているのではない。そうではない。精神のたがが緩んで、その弛緩《しかん》が、たんに笑い声になって発露しているだけのことなのだ。発狂した笑い声——聞かなければ聞かないにこしたことはない。が、両耳をふさぎでもしないかぎり、どうしても聞こえてしまう。いわば水洗トイレの水を流す音とでもいえばいいか。要するに必要悪といっていい。

端的にいっておぞましい。

その笑い声に混じって、というか、その笑い声の果て、笑い声とも悲鳴ともつかないその地平に、母さん、母さん、と悲しげに呼ぶ声がかすかに聞こえている。

——母さん、母さん、お願いです、ぼくを助けてください、ああ、母さん、ぼくはこんなところは嫌なんだ、ほんとうに、ほんとうに嫌なんだ、だから、お願いです。ぼくをここから助けて……

その悲鳴、笑い声、呼び声は、救急車がどこまで走っても、そのあとをすがるように追っかけてくる。走っても、走っても、その声から逃れることはできない。

そのことに若い山瀬愛子は慄然《りつぜん》とせざるをえない。端的にいって恐ろしい。なにか、この世の果て、どこか見知らぬ場所に黒々と開いている亀裂《きれつ》から、そう、地獄から、ありとあらゆる不潔でおぞましく恐ろしいものが、一斉に噴き出してきたかのようにさえ感じられるのだった。

2

そのときのことだ。ふいに森村智世《もりむらともよ》が背後から運転席に体を乗り出した。

その豊かなバストがわさわさと揺れる。茶髪を揺らし、その真っ赤に塗った唇を、かっと開いた。そして叫んだ。「静かにしねえか、馬鹿野郎」まるで雌《めす》ライオンが猛々しく吼《ほ》えるかのようだ。

「静かにするのは」救急車を運転している水島理恵が、これはいつもながらに落ち着いた声でいう。「あんたのほうだよ。バカ、耳元でがなるんじゃないよ」

「だって主任——」

と唇をとがらせる智世をさえぎって、婦長の丸山晴美《まるやまはるみ》が、これもいつもながらの優しい声で、なにも興奮することはないのよ、森村さん、と言う。

「なにも興奮することはない。急いで、慌てない。ね、わたしたちはそのことだけを心がけることにしましょう」

とそう言い、すぐに、その顔を隣りにすわっている愛子のほうに向けて、

「大丈夫よ。愛子さん。わたしたちがついているわ。みんな一緒なのよ。なにも怖がることはないわ」

丸山晴美は四十代のなかばには達しているだろう。看護婦として、三十年近いキャリアを持っていて、婦長になってからでも、すでに十五年はたっている。一言で、温容慈眼、というが、まさにそのとおりの女性で、どんなときにも優しさを忘れないし、およそ、も

のに動じるということがない。まるまると肥《ふと》っているが、いまもその動きは機敏で、必要があれば病院の廊下を走ったりもする。

「………」

愛子は婦長の顔を見た。さらに婦長の体ごしにハンドルを握っている主任の顔を見た。ふたりとも、いつもながらの婦長であり、いつもながらの主任だった。この二人ぐらい頼りになる先輩はいない。そのことをあらためて実感させられ、そして、そのことが急速に愛子のことを落ち着かせたようだった。

愛子はこっくりと頷《うなず》いて、

「はい」

と言う。

その声がかすれてもいなければ震えてもいなかったことが、われながら頼もしいものに感じられる。わたしはまだ大丈夫だ、とそう思うことが、わずかにではあるが、余裕を取り戻させる。もっとも、それにしたところで、あるかなしかの余裕にすぎず、何か異常が起これば、あっけなく崩壊してしまうものであるのだろうが。

「あ、汚《きった》ねえ。愛子ばっかり、ひいきでやんの」

唇を尖《とが》らせる智世に、

「いいから、あんたは引っ込んでな」

背後から斉藤益美《さいとうますみ》がそういい、智世の体を後ろに引き戻すと、それと入れ替わるように自分が運転席に体を乗り出してきた。

そして、

「軍曹」

と主任の水島理恵に声をかける。

「軍曹じゃないよ。何度いったらわかるんだい。わたしは主任だよ」

水島理恵はそう無愛想にいったが、その声は怒っているようではない。というか理恵はいつも無愛想であって、そのことから彼女の内心を推しはかることはできない。

理恵のぶっきらぼうなことは、いささか度を越していて、初対面の人間に看護婦としての適性を疑わせるほどであるが、そのじつ彼女ほどプロ意識に徹している看護婦はいない。いつも冷静で、判断力と技量に優れ、そのクールな美貌《びぼう》と、無愛想なふるまいのかげに、だれよりも優しい「黄金の魂」を秘めているのだ。

それだから、まだ三十そこその若さで、何人もの看護婦たちを率いる主任職を命ぜられたのであるし、そのことに驕《おご》らず、怯《ひる》まず、その任をタフにまっとうできるのだろう。

看護婦たちからも一様に信頼されていて、なかでも斉藤益美は理恵のことをほとんど崇拝しているといっていいほどで、まわりからも理恵の右腕と目され、かつ、そのことを自分でも誇りにも思っている。

それというのも、斉藤益美もやはり（水島理恵と同じように）プロとしての自覚に優れ、タフで、責任感に秀でているからであって、その意味では水島理恵のコピーといっていいほどなのだった。

どちらかというと斉藤益美は寡黙で、手堅い一方で、それだけにややユーモアに欠けるきらいがある。が、そんな斉藤益美が、これだけは一点、どんなに水島理恵が嫌がっても、彼女のことを「軍曹」と呼ぶのだけはやめようとしない。べつだん、ユーモアのしからしめるところではなく、益美にとって、理恵のことを「軍曹」と呼ぶのは実感以外の何物でもないようだ。

昔、アメリカのテレビ・ドラマに「コンバット」という戦争シリーズがあって、その主人公であるサンダース軍曹に、理恵をほうふつとさせるところがあったというのだ。――もちろん、まだ二十五歳の益美が、六〇年代の「コンバット」をリアルタイムで見ることなどできるはずはなく、いずれビデオででも見たのだろうが。

もっとも、益美が理恵のことを軍曹と呼ぶのも、あながち的外れとはいえないのであって、看護婦の組織には、多分に軍隊組織に共通するところがある。

つねにチーム単位で動かなければならないこと、なによりチーム・プレイが要求されスタンドプレイはひかえるべきであること、うえの命令は絶対であること、エトセトラ、エトセトラ……

「ねえ、軍曹」理恵がどんなに嫌がったところで、そんなことはいっこうに意に介さずに、益美はそう呼びかけると、「大丈夫でしょうか」

「なにが」

「遠藤《えんどう》志保《しほ》」

「遠藤志保……」

「ええ」と益美は深刻げに頷いて、「あれなんですけどね、どうかしたほうがいいんじゃないですか」

「…………」

理恵はルームミラーにちらりと視線を走らせる。

めったに感情をあらわにしない理恵だが、このときだけは、一瞬、その目に、痛ましげな色がかすめたようだった。

遠藤志保が救急車のうしろに乗っているのがミラーに映っている。

床にペタンと尻《しり》をつけてすわり、その両腕に幼い女の子をしっかり抱きしめている。そして、しきりに女の子の耳元になにか囁《ささや》いているのだが、その目は虚《うつ》ろに宙の一点に向けられているばかりで、自分でも自分が何をやっているのか、ほとんど意識していないようなのだ。

その女の子にしたところで、いっさい志保の囁きに反応しようとしないのだが、それも当然で、すでにその子は死んでいるのだった……

3

遠藤志保は二十八歳——

主任の水島理恵を筆頭にして、森村智世とか、斉藤益美とか、丸山婦長のチームは、有能で、かつタフ、機敏なスタッフに恵まれているのだが、そのなかにあって、ひとり遠藤志保だけは、どちらかというと鈍といっていいだろう。

判断力に劣り、そのために急場にのぞんですぐにうろうろを来《きた》してしまうし、動きも鈍い。

キャリアだけからいえば、斉藤益美や、森村智世の先輩格に当たるのだが、チームのなかでは、どうかすると准看で新入りの山瀬愛子と同格に扱われてしまう。それもやむをえないといえばやむをえないことであって、なにしろ看護婦は他人の生き死にを扱う仕事だから、どうしても能力本位にならざるをえないのだ。この仕事ばかりは単純に年功序列というわけにはいかない。

婦長の丸山晴美は母性的なタイプで、その寛大、寛容なことはじつに驚嘆に値するといっていいほどで、どんなに激務に追いまくられても、およそ、そのことでカリカリするなどということはない。

また主任の水島理恵は、どこまでも公正にプロ意識に徹し、現実主義をつらぬいて、つねに仕事の効率を優先させ、そこに好悪の感情や、私情を介入させるなどということはしない。

なにより婦長は主任を、主任は婦長を完全に信頼していて、上意下達《じょういかたつ》の関係が徹底されているために、命令系統の混乱などということはありえないのだ。

その意味で、有能で献身的なことで知られる日本赤十字の看護婦チームのなかにあっても、丸山班はまさに理想的といっていい編成で、彼女たちにかぎって、ほかのチームにありがちないじめなどということがあろうはずがないのだ。

が、それだけに、一人でもそのスタッフが無能であってはならないわけで（それというのも、つまり丸山班はスタッフに恵まれすぎているために無能な人間を排除する機能がないからであるが）、一人でも無能な人間がいれば、それこそチーム全員の足を引っ張ることにもなりかねないのだ。

残念ながら、遠藤志保は無能といわざるをえない。——腐ったリンゴ、といえば酷にすぎるだろうが、どんなに言葉を飾ろうと、要するに事実は否定しようのないことで、彼女をこのまま放っておけば、ほかのリンゴをすべて腐らせることにもなりかねない。

それもほかの場合であれば、何とか、他のスタッフたちで彼女をカバーすることもできるのだが、いまは緊急なうえにも緊急事態であって、全員が死力を振り絞らなければならないときなのだ。とうてい無能な仲間をかばっているだけの余裕はない。

この現状では、死んだ女の子をいつまでも抱きしめているということは、看護婦としての職業倫理に反するばかりではなしに、端的にいって、あまりに危険なことでもあるのだった。

「…………」

理恵はミラーのなかに視線を動かした。

遠藤志保の横にはやはり安田《やすだ》美佐子《みさこ》が床のうえにすわっている。

安田美佐子——三十四歳。身を縮めるようにしてすわっているのは彼女がきわめて体格がいいからだ。高校時代にはバレー部で活躍したというだけあって、その身長は優に一八〇センチを越している。怒り肩で、腕なども丸太ほどの太さがあって、とにかく、がっしりした大女という印象が強い。四人の子持ちということもあって、ややもすると「肝っ玉母さん」という通俗的な印象を持たれがちだが、じつは彼女は繊細な神経の持ち主であり、優しく、自分の体格のいいことをひそかに恥じてもいる。

若い森村智世や、斉藤益美のように、見るからに有能そうという働きぶりではないが、その仕事ぶりは地に足がついていて、いかにも手堅い。優に丸山班を代表する一方の戦力といっていいだろう。

「………」

理恵はミラーのなかの視線を動かすことで、安田美佐子に合図を送った。

あまりに大柄なために、人は安田美佐子のことを鈍重な性格だと誤解しがちだが、じつは看護婦としてきわめてまめであるし、勘もいい。

このときも安田美佐子は、理恵がミラーのなか自分に目配せをしているのにすぐに気がついたようだ。理恵が視線を遠藤志保のほうに動かしたのを見て、彼女が何を示唆しているのかにも気がついた。

「遠藤さァん」と美佐子はいつもながらにゆったりとした口調で志保に声をかけ、「腕が疲れたでしょう。何だったら、その子を抱くのをかわってあげましょうか」

が、それにも志保はまともに返事さえしようとしなかった。死んだ女の子をいっそう強く抱きしめ、わずかに尻を後ろにずらせると、いやいやをするように首を横に振った。なにか美佐子が強引に女の子を奪おうとでもしたかのように、怯えたような表情になっていた。

「………」

美佐子は救急車の後ろから、理恵の肩ごしにルームミラーを覗《のぞ》き込んで、鏡のなかの彼女に向かい、ダメです、というように、わずかに眉《まゆ》をひそめて見せた。

「………」

理恵は頷いた。

その腕からむりやり死んだ女の子の体をもぎ取ろうとすれば、それこそ遠藤志保はパニックにおちいりかねないだろう。そんなことになれば無用な騒ぎはまぬがれない。そうでなくてもいまは面倒ごとをやまほど抱えているのだ。要するに、いまは、これ以上、遠藤志保にかかずりあっている余裕はない。

「主任、わたしが何とかしようか」

森村智世が運転席に体を乗り出してきて、理恵の耳元でそう囁《ささや》いた。

その声がわずかにくぐもって聞こえるのはガムを噛《か》んでいるからだ。真っ赤にリップスティックを塗った口でクチャクチャとガムを噛んでいる。

森村智世はやや職業意識に欠けるところがある。言葉づかいも悪いし、その態度だっていいとは言えない。二十六歳になるこれまで、私立病院を転々とせざるをえなかったのも、その反抗的な態度に問題があったからで、要するに不良看護婦といっていい。

が、その問題児が、日本赤十字社系列の当病院に就職し、丸山チームの一員になってからは、見違えるほど有能な看護婦として働いている。あいかわらず言葉づかいは悪いし、態度も最低なのだが、それはそれだけのことで、これといって仕事のうえで問題を起こすわけではない。

それというのも婦長の丸山晴美はおおらかで、スタッフの言葉づかいとか態度などはいっさい気にしないし、主任の理恵にしても、仕事さえきちんとこなせば、その他のことについては何も言おうとしない。つまり、この二人にはめずらしいほど部下のスタッフに対する偏見がない。

もともと森村智世は看護婦としてきわめて有能であり、要するに、これまでその能力を十分に発揮できるだけの職場に恵まれなかっただけのことなのだろう。その仕事の有能さを発揮するまえに、言葉づかいとかマナーの悪さを咎《とが》められ、それが周囲との軋轢《あつれき》をきたし、ついには職場を放棄せざるをえなかった。

それが当病院に就職し、丸山チームで働くうちに、いつのまにか斉藤益美と並んで、水島理恵の片腕として一目置かれるまでになった。これまで、どこの職場でも札つきだった森村智世が、こともあろうに、この丸山チームでは牽引車《けんいんしゃ》の一人として期待されるまでになっているのだ。

「どうする、主任」とその智世が言う。「遠藤志保、わたしが何とかしようか」

理恵はチラリとミラーに視線を走らせ、

「いいさ。しばらく志保さんの好きにしといてやるさ。気が済むまであの女の子を抱かせてやればいい」

「だってさ、主任、もしあの女の子が、ああ、その、あれだ――」

「生き返ったらかい」

「そうそう、生き返ったらことだよ。どうすんのさ」

そこで益美が言葉を挟んで、「主任に何て口のきき方をするんだ」と、まず智世の言葉づかいを咎めてから、あらためて理恵に視線を転じて、

「たしかに智世のいうとおりです。そんなことになったら志保さんが真っ先にやられてしまう」

「そんなことはさせないよ」

理恵は動じない。きっぱりとそう言い切った。

「そんなことをさせるはずがない。わたしたちが一緒にいるんだ。わたしたちは同じチームの仲間じゃないか。みんなでみんなを護《まも》る。心配いらない。そうはさせないよ」

「…………」

理恵の頭のうえで、益美と智世はたがいに顔を見あわせた。そして、どちらからともなしに溜《た》め息《いき》をつきあう。

理恵は平然とそれを聞き流し、わずかにアクセルを踏んだ。

救急車が加速した。

志保のことにかぎらず、心配ごとはそれこそやまほどあるのだ。いまは、いちいち、それらのことにかまっていられる余裕はない。

何としてもこのキャンプ場を抜けなければならない。そして、山の麓に設置された「T航空ジャンボ機墜落事故対策本部」までたどり着かなければならない。

いまはただそのことだけを優先させて考えなければならないのだった……

4

森のなかのキャンプ場だ。もっとも僻地《へきち》のキャンプ場というわけではない。

山麓《さんろく》の村から、このキャンプ場まで、スカイ・ハイウェイが施設されているし、管理人棟もあれば、水道やプロパンガスの設備もある。上高地《かみこうち》や尾瀬《おぜ》ほどではないが、避暑地として知られ、中腹には人に知られたホテルもある。

楢《なら》や、櫟《くぬぎ》、山毛欅《ぶな》など落葉高木が多いこともあって、深い森という印象はないが、じつは標高一〇〇〇メートルを越す地にあって、ここから上の山肌には一面に未踏の原生林が生い茂っている。どこもかしこも猛々しいまでの熊笹《くまざさ》や羊歯《しだ》に覆われているのだ。

その森の闇を風がかすめる。木々の梢《こずえ》がざわざわと葉擦れの音をたてているのだが、それが誰かの囁《ささや》きあう声のように聞こえる。誰かの？　いや、ここでもやはり何かの、というべきだろう。何であるにせよ、それがもう人間でありえないのは明らかなのだから。

キャンプ場のそこかしこでドラム缶のゴミが燃えている。火の粉がはじけ、燃えカスの紙がひらひらと舞っている。そのあかあかとした火明かりのなかを、影がかすめ、影がうごめいて、影が這《は》っている。

燃えているのはゴミだけではない。熊笹の生い茂る斜面に一台の霊柩車《れいきゅうしゃ》が横転して燃えあがっている。

黒い、がっしりとした車体を、仏壇の模様に似た、金細工の装飾が縁どっている。その唐草模様の金細工をしきりに炎が舐《な》めているのだ。ゴムタイヤがパチパチと音をたてて燃えている。闇のなかを、それよりさらに黒々と煙がたちのぼり、ガソリンの揮発臭がムッと鼻をついた。

「霊柩車が燃えている」

と益美が呟《つぶや》いたのを受けて、

「火葬場の手間がかからなくていいや」

智世がそう言ったのは、不謹慎のそしりは免れないだろうが、実感がこもっていて何とはなしにおかしかった。

ふいに風が吹いた。生臭い風だ。木々の梢が鳴って、火の粉が舞う。黒煙が地を這ってたなびいた。救急車はその煙のなかに入っていく。さらにスピードを落とした。最徐行だ。ほとんど歩くような速さで慎重に煙のなかを進んでいく。

フロントグラスの視界が煙に覆われて黒々と塗りつぶされる。ワイパーが、キー、キー、と音をたてて、グラスのうえに半弧をえがいたが、もちろん、ワイパーで煙を追い払えるはずなどない。煙を払うことはできないが、ワイパーがガラス面を擦《こす》るたびに、なにか赤黒いものがこびりついて、それがガラス面を粘りつつ、ゆるやかに流れるようなのだ。なにか肉の切れ端でもあるかのようだ。肉の繊維めいたものがからみついて、ワイパーが往復するたびに、それが引き伸ばされ、なめされ、やがてはプッン、プッン、と音を

たてて ちぎれる。そして赤黒いものをガラス面にこびりつかせる。その赤黒いものはリンパ液めいた透明なものをジクジクと滲《にじ》ませていた。

血？　そうかもしれない。そうであっても不思議はない。が、いったい、どこから血が降ってくるというのだろう。それがわからない。この森では血の雨が降るとでもいうのか。

その赤黒いものが降ってくるのが激しさを増した。ざあざあ降りに降ってくる。点々とガラス面を汚し、それがしだいに頻度を増して、やがてはフロントグラス全体を覆ってしまう。

「ちくしょう、何なんだ、これ」

理恵が顔をしかめた。

ステアリングのうえに胸をかぶせるようにしてフロントグラスを見る。目を狭めて闇を透かし見る。その眉《まゆ》のあいだに深い皺《しわ》が刻まれた。そして言う。

「どうなってるんだろ、何も見えない」

「軍曹」と益美。

「軍曹じゃない、主任」

「軍曹の主任」

と益美はあらためて言い直して、

「ワイパーじゃ役にたたない。わたしがウインドウを拭《ふ》いてきましょうか」

「さあ、それはどうかな」

「どうかなって」

「よしたほうがいい気がする」

「なんで」

「なんでって」

いつもは明晰《めいせき》そのものであいまいなところの少ない理恵が、このときばかりはめずらしく口ごもって、

「ここで車の外に出るのは何となくマズイ気がするんだよ」

益美はわずかに眉をひそめて、

「軍曹らしくないですよ。何となく、だなんて」

「軍曹じゃない。主任」

とこれは理恵がではなく智世が言う。そしてニヤリと笑う。が、すぐにその顔を引き締めると、

「益美、あんた気づかない？」

「気づかないって何がよ。あんたの安香水がプンプン匂《にお》うってこと。ひどい匂いだ。あん

た、それ、パチンコの景品じゃないの」

「そうじゃないよ」

智世は理恵の肩ごしにフロントグラスの外を見て、

「外に何かいる。外に出るとヤバいよ。あんた、そのことに気がつかない？」

「外に……」

益美は怪訝《けげん》そうな顔になる。

有能なことでは、斉藤益美と森村智世は肩を並べていて、この二人は丸山チームのいわば両輪をなし、共にチームを牽引《けんいん》しているといっていい。が、益美はきわめて真面目《まじめ》な性格であるだけに、やや融通がきかないところがあり、そのぶん勘のよさでは智世に劣る。

つまり理恵や智世が気がついている何かに益美はまだ気づいていないということなのだろう。

「ああ、そうさ」

と理恵が言う。

「外に何かがいる」

二人の会話を聞きながらも彼女の表情は変わっていない。その目がわずかに狭まっているのが、かろうじて彼女の緊張をあらわしているようだ。

フロントグラスに視点をすえ、慎重に運転しつつ、隣りにすわっている山瀬愛子に、アイコ、と声をかける。

「はい」と愛子。

「あんた視力は幾つ」

「は？」

「だからさ。視力は幾つ」

「右が一・五、左が二・〇です」

十九歳になったばかりの愛子は無邪気にそう言う。

「右が一・五に左が二・〇か……」

理恵が溜め息をついて言う。

「目がいいんだね。よすぎるよ」

5

溜め息をついたその余韻が絶えぬうちに、ふいに理恵は声を張りあげた。鋭さを増した声で、婦長、とそう叫んだのだ。

それに応じ、打てば響くように、丸山婦長が、ハイ、と返事をし、パッと両手で愛子の目をふさいだ。

「な、何すんですか」

愛子が仰天して叫ぶ。

「見ないほうがいい」

と婦長が優しい声で言う。

「あなたは何も見ないほうがいい」

そのときのことだ。フロントグラスの闇のなかに何かがクルクルと舞いながら飛んでくるのが見えた。ガン、と凄まじい音をたてて、それはガラス面に跳ね返る。いや、いったんは跳ね返ったのだが、スウィングして、再びガラス面に戻ってきた。またフロントグラスが鈍い音をたてる。

ジャアー、ジャアー、ジャアー……ふいにワイパーのフロントグラスをよぎる音が濁った。

それにつれてワイパーの動きが鈍った。何かがからんだような微妙な齟齬《そご》音がある。カタカタカタという振動音がつづいた。

フロントグラスの闇のなかにそれよりさらに黒いものが踊っていた。うねって、断続的にガラス面にぶつかり、ゴツン、ゴツンと鈍い音をたてた。ワイパーがよぎるたびに、それは闇のなかに舞い、ガラス面にぶつかり、遠のいては、また、ぶつかる。

「何だぁ」と智世。

「何よ、これ」と益美が言う。

「主任！」大柄な安田美佐子が少女のようにか細い声をあげる。

「怖くない。なにも怖くないのよ」と遠藤志保が死んだ女の子に囁く。

「あなたは何も」

あいかわらず愛子の両目を押さえながら丸山晴美が言う。

「見ないほうがいい」

「何も見えません」と愛子が叫ぶ。

「何も見えないほうが幸せさ」と理恵が呟いた。

フロントグラスはあの赤黒い粘液で一面に覆われている。たんに覆われているにとどまらず、いたるところ赤黒い繊維様のものが瘡蓋状《かさぶたじょう》にこびりついて、極端に視界が悪い。その視界の悪いなか、それが舞い、ガラス面を敲《う》っては、鈍い音をたてつづけているのだ。

「つかまってな、飛ばすよ」理恵はそう言いざまアクセルを踏み込んだ。

救急車が加速した。

これほど視界が悪いのに、車を加速させるのは無謀というほかないだろう。ましてやキャンプ場は整地されていない。スピードを増すにつれ、救急車の車体は激しく揺れ、音をたてて軋《きし》んだ。あまりに無謀だ。が、いつもは慎重なうえにも慎重であるはずの理恵が、こんなことをするからには、なにか、しかるべき理由があってのことにちがいない。

その理由はすぐに知れた。救急車はすでに時速八〇キロに達した。強い向かい風にフロントグラスを覆う赤黒いものが散った。視界があらわになる。多分、それが理恵の狙《ねら》いだったのだろう。闇は深いが、いまはもうそれをはっきり見ることができる。

振り子のように揺れて戻ってきた。音をたててガラス面にぶつかり、何事かブッブッと口のなかで呟いた。その目をうっすらと開けて運転席のなかを覗き込んだ。若い女だ。首だけでなければそれなりに美人だったろう。

正確には首だけとはいえない。なにか真っ黒に焼けただれた棒のようなものが首からのびている。長さは四〇センチというところか。焼け縮れて、細部を確かめることはできないが、その末端が握りのように太くなっている。

理恵たちが看護婦でなければ、それが何であるかわからないにちがいない。焼けただれてそうは見えないがこれは脊髄《せきずい》なのだ。末端が太くなっているからといって脊髄に握りがあるはずがない。下肢《かし》の神経が出入りするところが部分的に太くなっているために腰膨大の名称で呼ばれている。

首から上はまったくの無傷である。蠟《ろう》のように青ざめているが、その顔には傷一つつい
ていない。それなのに胴体は失われ、ただ脊髄だけが残されている。その脊髄にしてから
が真っ黒に焼け焦げて、とうてい人体の一器官とは見えない。

それなのにそれは生きている。いや、そんなはずはない。人間が頭部と脊髄だけを残し
て生きていられるはずがない。そんなことはありえない。そうではないか。

生きてなどいない。しかし死んでもいない。死者が生者を見て何事か呟くはずはないだ
ろう。そうではない。呟いているのではなしに小声で唄《うた》っているのだ。ブツブツと唄って
いる。

　　金襴緞子《きんらんどんす》の帯しめながら
　　花嫁御寮はなぜ泣くのだろ

その髪の毛は長い。さすがに末端は茶色に変色しているが、いまだに生きているときの
名残をのこして黒い。

その長い髪の毛がワイパーにからみついている。ワイパーが動くたびに髪の毛がクモの

巣のようにひろがる。首は振り子のように揺れてガラス面にぶつかって音をたてる。ゴッン、ゴッン、と音をたてるたびに、彼女はうっすらと目を開け運転席を覗き込む。恨めしげに、と形容したいところだが、実際にそれに感情が残っているかどうかはわからない。声にならない悲鳴が救急車に炸裂《さくれつ》するのが感じられた。といっても実際には誰も悲鳴をあげたわけではない。日赤看護婦たちは死体を見たぐらいで悲鳴をあげたりはしない。その死体がどんなに凄惨《せいさん》であっても、死体は死体であって、丁重に弔うべきものであっても、恐れるべきものではない。

だが、「花嫁人形」の童謡を唄う首だけの死体はどうか。さすがにそれは恐ろしい。が、恐ろしいからといって、看護婦たちは悲鳴をあげたりはしない。冗談ではない。何のためにこれまで経験を積んできたのか。死体を見て悲鳴をあげるためではない。十九歳になったばかりで、経験の浅い山瀬愛子はべつにして、ほかの看護婦たちは意地でも悲鳴をあげない。ただ恐ろしいのはどうしようもなく恐ろしいから、息を殺した悲鳴をあげる。正気を保つためにはそうせざるをえないのだ。

多分、このとき、ほとんどの看護婦が声を洩《も》らさずに悲鳴をあげたはずなのだ。そうせずにはいられなかった。ただ二人、丸山晴美婦長と、水島理恵主任を除いては。

この二人は筋金入りの日赤看護婦で、これまでにも何度か救護班員として罹災《りさい》現場に派遺されたことがある。赤十字救護員十訓に「冷静にして、沈着なるべきこと」という一項がある。この二人はそれをよく体現していて、よほどのことがないかぎり、ものに動じるということがない。

もっとも、首だけの女が、その髪の毛をワイパーにからませ、「花嫁人形」の歌を唄いながら、フロントグラスに舞っている——というのはよほどのことであるにはちがいないのだが。

「オタオタすんじゃないよ」

理恵が言う。ブレーキを踏んで救急車のスピードを落とす。パワーウインドウを開ける。そしてさらに言う。

「あんたたち日赤看護婦だろ。だったらやるべきことがあるんじゃないか」

その叱声に最初に反応したのが斉藤益美だった。「はい、軍曹」と言い、開いたサイドウインドウから体を乗り出して、ワイパーに引っ掛かった首に、手を伸ばす。機敏に反応して逡巡《しゅんじゅん》というものがない。斉藤益美は丸山チームにあっては、やはり最も信頼できる看護婦であろう。

首だけの女がカッと目を見ひらいた。益美を睨みつける。唇がまくれあがって歯を剝《む》いた。緑色の粘液がブツブツと泡だちながらこぼれ落ちた。そして——

首が飛んだ。

いや、首が飛ぶはずはない。実際には、ワイパーの動きにつれて撥《は》ねあがっただけのことであろうが、益美の指に向かって、一直線に飛んだように見えた。その髪の毛が黒い流れ星のように背後にたなびいた。

とっさに益美が手を引いたからよかったのだ。そうでなければ指を嚙みちぎられていたかもしれない。ガシッ、と歯を咬《か》み鳴らす音が聞こえてきた。ほんの数センチの差で指を嚙みちぎられずに済んだ。幸運というより偶然と呼んだほうがいいだろう。

6

ワアアアアア！

益美は、一瞬、自分が悲鳴をあげたのかと思った。が、そんなはずはない。益美はこれぐらいのことで悲鳴をあげるほどやわな看護婦ではない。悲鳴ではなかった。それは笑い声なのだ。誰かが笑っている。笑いつづけている。


ワアアアハハハアアホホァ！……

その誰かはいかにも嬉《うれ》しそうだ。闇のなかで爆笑している。それも一人ではないようだ。少なくとも二人の人間が笑っている。そのゲラゲラと笑いつづける声が、夜空にフクロウのように飛びかっているのだ。

こんなときに誰が笑っているのだろう。どうして笑うことなどできるのだろう。何がそんなにおかしいのか。

多分、それは、救急車に乗っている看護婦たち全員に共通する疑問であったにちがいない。こんなときに誰がどうして笑っているのか。

笑っているのが誰にせよ、いまの彼女たちには、とりわけ斉藤益美には、それを確かめているだけの余裕がない。余裕がないどころか、いまの益美はほとんど死に物狂いといってもいいほどなのだ。

「ちくしょう！　このろくろっ首が」

と益美はそう叫んだが、そんなふうに口汚く罵《のの》りたくなるのも無理からぬ状況ではあったろう。なにしろ益美はサイドウインドウから体を乗り出せるだけ乗り出しているのだから。

丸山婦長が山瀬愛子の目をふさいで、背後から愛子の背に覆いかぶさって、その体を極端なまでに前傾させている。愛子の豊かな胸がダッシュボードにつぶれ変形しているほどなのだ。

益美はさらに、そんな二人のうえにのしかかるようにして、腰までサイドウインドウから出しているのだ。そうした不自然な姿勢をとりながら懸命に〝首〟を捕らえようとしている。両手を伸ばしてしゃにむに掴みかかっているのだ。それなのに〝首〟はいっこうに捕まらない。ピョンピョンと跳びはねるようにして益美の指先から逃げまわっているのである。

逃げまわっている？　そんなはずはないだろう。どうやったら首だけで動けるというのか。大脳はもちろん、延髄《えんずい》にも脊髄にも運動能力はない。動けるはずがない。そんなことはその可能性を論じるだけでも愚かしいことではないか。

動いているように見えるのはワイパーが往復するにつれてフロントグラスのうえを撥ねまわっているからに違いない。それ以外に考えられないことではないか。考えられないことであるはずなのだが——

現実にそれは動いていた。動いているとしか言いようがない。

いまも——

ワイパーが遠のいているのにも拘《かか》わらず、〝首〟だけがクルリとこちらを向いて、くわっ、と歯を剝き、益美のほうに飛びかかってきたのだ。たんにワイパーの往復に従っているのだとしたらこんな動き方はできない。力学的にありえない動きだった。

「危ない！」

とっさに智世が益美の襟首を摑んで座席に引き戻さなければ、〃首〃の歯は益美の指を嚙んでいたのにちがいない。

上顎歯《じょうがくし》と下顎歯《かがくし》が音をたてて咬みあわされた。凄《すさ》まじい勢いだった。ほとんど虎挾《とらばさ》みのような獰猛さだ。その犬歯が破れた傘のように唇を突き破って飛び出してきたほどだ。その歯に咬みつかれていたら益美の指は引きちぎれていたことだろう。

「こんにゃろ」

智世が益美の肩ごしに腕をのばした。素早い動きだった。

その指先が〃首〃に触れそうになった。あとわずか、ほんの数センチの差で、〃首〃を摑むことができたはずだった。が、今回も〃首〃は逃れた。カサカサと音をたてて素早くフロントグラスのうえを這って逃げたのだ。

「何、これ」

さすがにこれには益美も智世も悲鳴をあげざるを得なかった。これまでこんな不気味なものは見たことがない。

人間の脊髄からは三一対にもおよぶ脊髄神経が出ている。それら脊髄神経はその途中にそれぞれ神経節が出ているのだが、その脊髄神経節がムカデの脚のようにザワザワとうごめいて、フロントグラスのうえを這っているのだった。

益美と智世は看護婦としての経験も力量も拮抗《きっこう》しているといっていい。婦長の丸山晴美、主任の水島理恵を別格にして、まずは丸山チームの両輪といっていいだろう。

益美二十五歳、智世二十六歳——ベテランと呼ぶには若すぎるかもしれないが、すでにベテランと呼ぶに足るだけの力量を備えている。益美は生真面目であり、智世はやや不良っぽいという違いはあるが、いずれも看護婦としての適性に恵まれ、まず大抵のことには対処できるだけの経験を積んでいる。その信頼度は抜群なのだ。

そんな二人が、こともあろうに新米看護婦のように、いや、そこらの素人《しろうと》の小娘のように、たわいもなく悲鳴をあげているのだ。首だけの女が脊髄神経節で這っているのがそれほど恐ろしくもグロテスクであったといっていいだろう。

が、それは主任の水島理恵にとっては我慢のならないことであったようだ。理恵はどんなときにもプロフェッショナルでありつづける、ありつづけなければならない、とそう思っている。そういう看護婦なのだ。いやしくも日本赤十字の看護婦たる者がこ̀と̀にのぞんで見苦しく動揺するなど決してあってはならないことなのだった。

「うっさいよ、みっともない、ガタガタわめくんじゃないよ――」

理恵はそう言うなり、いきなりブレーキを踏み込んだ。それもくるぶしまで沈んでしまいそうなほどに乱暴な急ブレーキだ。

ブレーキがロックされる。無謀といっていいほどの制動力がかかる。タイヤが金切り声の悲鳴をあげた。それに看護婦たちの現実の悲鳴が重なった。砂埃《すなぼこり》が舞いあがってフロントグラスを覆う。

凄まじい抗力に救急車が振り回される。振り回されて安定を失いそうになる。いや、失った。巨人の指で弾《はじ》かれたかのようにハーフスピンした。看護婦たちの体が遠心力に放り出されそうになる。また悲鳴があがった。

救急車の一方のタイヤが浮いた。片足だけでヨロヨロと走った。そのまま斜面《なぞえ》に突っ込んでいった。浮いたタイヤが薮《やぶ》に乗りあげた。枝の折れるバキバキという音が聞こえてきた。そのまま十数メートルを走って停まった。横転しなかったのが不思議なほどだ。

それまで脊髄神経節をうごめかしてガラス面を這っていた〝首〟が、急ブレーキの反動に、フロントグラスから離れた。振り子のようにスウィングした。

理恵はそれを見るなり、すかさず、

「おっかさん！」

と叫んだ。

丸山班で子持ちなのは婦長の丸山晴美と安田美佐子の二人だけだ。序列を重んじる看護婦のチームにあって、主任が婦長のことを、おっかさん、などと呼ぶことはありえない。理恵が、おっかさん、と呼ぶのは、安田美佐子ひとりに対してだけだった。

おっかさんは猛然とダッシュした。その巨体で益美と智世の体を左右に突き飛ばす。一八〇センチの長身だ。リーチも長い。サイドウインドウから腕を伸ばして〝首〟の脊髄をしっかり摑んだ。そして一気に、その髪の毛をワイパーから引きちぎった。

髪の毛は、プッン、プッン、と音をたてて千切れた。〝首〟は口のなかで何事かつぶやいたようだ。何事か？　いや、死人は何もつぶやかない。つぶやくべきことがない。つぶやいたのではなく、小声で「花嫁人形」の歌を唄《うた》っていたのだ。

その血走った目が美佐子のことをジッと怨《うら》めしげに見ている。脊髄の神経節だけがムカデの脚のようにざわめいた。美佐子の手のひらをぞよぞよと刺激した。

確かに気味のいいものではない。これほど気味の悪いことはないだろう。が、いまさらそんなことが何だというのか。かまったことではない。

「早く捨てなって」と智世がわめいた。

「何をグズグズしてんだよ」と益美がわめいた。

「……………」

美佐子は理恵の顔を見た。

「いいよ」

理恵の声はほとんど優しげとさえ言えるほどだった。

「そうしな」

美佐子は脊髄を持ったまま、胸から上をサイドウインドゥから突き出した。そして大きく振りかぶると、ブン、と音をたてて、それを闇のなかに投げ込んだ。

〝首〟はクルクルと回転しながら闇のなかに消えていった。その髪の毛が、闇よりもさらに黒々と、闇そのもののようにパッと拡がった。女の生首がクモの巣に引っかかっているかに見えた。クモの巣に引っかかってクルクルと回転しつづけている。放物線を描いて飛んでいった。飛びながら、まだ「花嫁御寮はなぜ泣くのだろう」とか細い声で怨めしげに唄っていた。

その歌が聞こえなくなり、一瞬、沈黙が満ちたのだが、すぐに〝首〟が消えたその闇のなかから、

ワアホホホハハハワワワ

またあの笑い声が聞こえてきたのだった。

7

「もういいわ」

丸山晴美が陽気な声でそう言い、それまで愛子の目を覆っていた両手を離した。

丸山婦長は母性が豊かでいつだって平常心を失わない。新人の山瀬愛子を気遣ってその目を覆ったのだろうが、逆に、愛子のほうにはそのことを気遣わせないだけの心配りを忘れない。

愛子はキョトキョトとまわりを見まわして、

「ヤだあ、どうしたんですかァ。婦長、おどかしっこ――」

歳相応に幼い声でそう言いかけ、外の笑い声に気がついて、ギクリと驚いたらしく、ない、の二字を喉《のど》の底に呑《の》み込んだ。それでも、「ですよ」――とこれは心細げに口のなかで呟いた。

――脅かしっこなしですよ……

それはそうだ。誰だって脅かされるのなど好きなわけはない。が、それにしたところで、なにも愛子のことを脅かすために笑っているわけではないだろう。

闇のなかに救急車のエンジン音が聞こえている。そのエンジンの振動に、ヘッドライトの明かりが小虫の翰《はね》のように小刻みに震えている……

そのなかにあの笑い声がつづいている。いや、笑い声であって笑い声でない。泣き声のようであって泣き声ではない。それとしかいいようのないものが、いつまでも闇の底につづいているのだ。

気丈な益美、智世も、やや鈍感なところのある〃おっかさん〃の美佐子も、その笑い声には平静ではいられないようだ。顔色が変わってしまっている。

愛子にいたっては、完全に慄《ふる》えあがってしまったようで、助手席に縮こまりながら、ヤだァ、ヤだァ、とうわ言のように口のなかで繰り返している。

もう一人、遠藤志保はどうか？　彼女は変わらない。救急車の後部で、あいかわらず死んだ女の子を抱きしめて、その耳元に何事か囁きつづけている。

彼女にはまわりのものは何も目に入っていないらしい。ただ死んだ女の子のことだけしか意識にない。ベタンと尻餅をついて、両足を床に投げ出し、わずかに体を揺らしながら、ボソボソと死んだ女の子に何事か囁きつづけているのだ……

「軍曹——」

と益美が理恵に声をかける。その声はかすれていた。

「あの声、何とかなりませんか」

理恵だったら何とかしてくれると暗にそう期待している。理恵に万全の信頼を置いているのだ。

「…………」

が、理恵は返事をしない。返事のしようがない。

いくら何でもこれは無理というものだ。たしかに理恵は優秀な主任ではあるが、自《おの》ずからできることとできないことがある。いくら彼女だって闇のなかにつづいているその声をどうかすることなどできるものか。

「軍曹じゃない、主任——」

とこれは丸山婦長がそう応じ、理恵のほうを向いて、主任、とあらためてそう声をかける。いつも鷹揚《おうよう》にかまえ、およそものに動じるということがない婦長も、さすがにこのときばかりは、その声がややかすれていた。

「あの声は何なんだろう」

「はい」

理恵は頷いた。頷きはしたが、そのあとの言葉がつづかない。ちょっと首を傾《かし》げ、さあ、と言う。それに聞き入っているようでもあり、何事か考え込んでいるようでもあった。

そして、そのまま何も言わずにヘッドライトの明かりを消したのだ。いきなり消してしまった。

自分でもどうしてそんなことをしたのかわからない。ほとんど衝動的にやってしまったことだ。やってから自分のしたことに驚いたのだったが。

「――――」

看護婦たちのあいだを声にならないどよめきが走る。

が、なぜ理恵がそんなことをしたのか、それを問いただそうとする声はない。必要があれば理恵のほうから説明してくれる……彼女たちはそう考えているにちがいない。それだけ主任のことを全面的に信頼しているわけなのだろう。

理恵のことを信頼していない人間がいるとしたら、それは理恵自身を措《お》いて他にはいないだろう。理恵としては、どうしていきなりヘッドライトを消したのか自分自身を問いつめたいぐらいなのだが。

「……………」

理恵は呆然《ぼうぜん》としてフロントグラスを見つめる。

フロントグラスには闇がひろがった。その闇はどこか赤黒い。どこかしら安定を欠いている。血とも体液ともつかないものがべっとりとフロントグラスを覆い、それが闇の暗色に混じっているのだ。その赤黒い闇は、血とも体液ともつかないものがフロントグラスに流れ落ちるたび、ゆらゆらと滲んで揺れているのだったが……

——揺れる闇。

理恵の頭のなかにその言葉が軋《きし》んだ。歯車のようにギリリと軋んで頭のどこかに音をたてて塡《は》まる。

揺れる闇……理恵がもうその言葉を忘れることはないだろう。そう、この闇はただの闇ではない。というか、一度、こうした闇に触れてしまった以上、もう以前のように憩いをもたらし、安らぎに微睡《まどろ》ませてくれる闇は、永遠に自分から失われてしまったと考えたほうがいい。

憩いは失われた。安らぎは忘れられた。いまはもうそれどころではない。

闇はいつもその底に得体の知れない悪意と狂気を秘めて悩ましげに揺れている。ただ人智のおよばぬ害意のようなものだけが、そこにひたひたと満ちつつあるのが感じられる。その凶暴な害意はやがてコップから水があふれるように闇の底からこの「現実」にあふれ出るのではないか。そのときこの「現実」はどう変貌《へんぼう》してしまうのだろう。

いつのまにか、あの笑うとも泣くともつかぬ声は途切れていた。いまはもう闇のなかにはただ静寂だけがしんと凍《い》てついているのだった。

——そうか、わたしはこのときを待っていたのだ……

いまにして、そのことがはっきりとわかった。

あの声が聞こえているうちは、それに脅かされて、冷静にことに対処することができない。ヘッドライトの明かりを消せば、いずれ、あの声も聞こえなくなる、とそう無意識のうちに考えたわけなのだろう。

「軍曹——」

と益美が性急に問いかけてくるのを、片手をあげて制して、

「何かがいる。みんな注意するんだ。この闇のどこかに何かがいる——」

理恵はそう言う。

そしてステアリングに胸を触れるようにしてジッと闇の底をうかがう。その目は冷静でするどい。

フロントグラスにひろがる闇が滲んで揺れている。その滲みはすでに、ガラスの表面を赤黒いものが流れているからというだけにとどまらないようだ。それだけではもうその滲みを説明することはできない。

あまりにゆらゆらと揺れすぎている。しかもその揺れはしだいに大きくなるようではないか。

これはたんなる目の錯覚にすぎないのだろうか。あまりに目を使いすぎて焦点がさだまらないのか。目が乾いているのか。

それとも闇そのものが何かべつのものに変貌しつつあるのだろうか。そんなことがあるものだろうか。

闇は揺れて滲んで何か徐々に重ね塗りされつつあるかのようにそのパースペクティブを深めていくのだった。

何といったらいいか、そう、闇の底に、べつの〝闇〟が穿《うが》たれ、さらにそのべつの闇の底に、また、べつの闇が穿たれるのにも似て……そして、それが無限に循環しつつあるかのような、とでもいえばいいだろうか。

闇そのものがドリルで穿たれるように、しだいにその深さを増していく。その深い、深い闇の底に、一点、きわどい中心のようなものがあり、その中心が、どこか異界にでも通じているかのようだ。

異界……異なるところ、べつの次元、べつの世界、そう、べつの地獄に――

8

「この子が言ってるわ」

ふいに背後からそう声が聞こえてきて看護婦たちは一様にギクリと振り返った。

遠藤志保だった。

彼女はその腕にしっかり死んだ女の子を抱いている。どんなことがあっても絶対にその子を離そうとはしない。どうやら、やや常軌を逸してしまっているらしい。その女の子が死んでいると認識しているかどうかも怪しいものだ。

その目は、同僚たちに向けられてはいるが、実際には、彼女たちを透かし、何かべつのものに据えられているようだ。

「この子が言ってるわ。あいつが来るって。どうか自分をあいつに渡さないでくれって。お願いだから渡さないでくれって――」

「来るって何が？　渡すって何なのよ――」

智世があっけにとられたように言う。

「あんた、何、いってるわけ？」

「来る……来る……」

志保が智世の言葉を聞いているとは思えない。ひたすら自分の言いたいことだけを言いつづける。彼女は何かにとり憑《つ》かれたような目になっていた。

「お願いだから渡さないで。どうか渡さないで――」

「………」

看護婦たちはたがいに顔を見あわした。志保のことをどう考えたらいいか、そのことに戸惑っていた。

残念ながら、志保は看護婦としてはきわめて無能だと言わざるをえない。真面目ではあるがグズなのだ。

だからといって、丸山班の看護婦たちが彼女を表だって責めるようなことはないが、志保のほうには、やはりそれなりに疎外意識はあるようだ。その劣等感があるからか、必要なことがないかぎり、ほとんど同僚たちと口をきこうとしない。

「渡さないで……渡さないで……」

志保がこれほどまでに饒舌《じょうぜつ》だったことはかつて一度もない。これほどまでに切迫感にかられ同僚たちに声をかけたことも、また一度もないのではないか。

――無能なのはやむをえないとして、同僚たちに溶け込もうとしないのは、チームワークの点からも望ましいことではない。

丸山婦長は、その判断から、何とかして志保を同僚の輪のなかに引き入れようとしたのだが、残念ながら、彼女の豊かな包容力をもってしても、その試みは成功したとは言いがたいようだ。

「お願い……渡さないで……わたしをこのままにして……どうか渡さないで……」

志保の声はなにか呪文《じゅもん》めいて救急車にいんいんと執拗《しつよう》に響いた。

その言葉が何を意味しているのかはわからない。わからないが、その声がしだいに高まっていくにつれ、場の緊張も急速に高まっていくのが実感されるのだ。なにか可燃物がじりじりと臨界点に登りつめていくのを見るかのようだ。

そして、ついに志保が、

「来た」

とそう言い放って、その緊張が極限にまで達したのだった。

もちろん彼女の言葉はたんなる戯言《たわごと》であるかもしれない。たんに妄想の所産と考えたほうがいいかもしれない……いや、むしろ、そう考えるべきだ。彼女の言葉を本気に受け取っていたずらに浮足だつのは愚かしいことであるだろう。

が、それにも拘わらず、看護婦たちは、そこに何かが来たのを、ありありと感じ取っているようなのだった。

――何が来たというんだろう。どこに来たというんだろう。

理恵はわずかに顎《あご》を突き出し、ステアリングに胸を接するようにして、ジッと暗闇を凝視している。

目の底がチクチクと痛い。あまりに凝視が過ぎたのか。あまりに目を使いすぎたためなのか。

そうではないだろう。

その闇は、本来、人間が見てはならないものであるために、こんなふうに目が痛むのではないか。これは、本来、人間が見るべきではない、触れてはならない何かででもあるのではないか。

「…………」

理恵の凝視に、敏感に、何か異常のようなものを感じ取ったらしい。後ろで死んだ女の子を抱いている志保を除いて、全員の視線が理恵に注がれる。

斉藤益美が、

「軍曹？」

と声をかけるのと、

「ヤだあ、主任、まだ何かあるんですか」

と愛子が泣き声をあげるのとがほとんど同時だった。

「主任、何なら運転替わろか」

智世がタバコをくわえると、看護婦らしくもなく、ジッポのライターをかち上げ、それに火をつけて言う。

「わちしのほうが慣れてるからさあ」

「冗談じゃない。もとヤンキーのあんたに運転されたんじゃ、わたしら命が幾つあっても足りないよ」

と益美が智世をいなし、軍曹、ホントにどうかしたんですか、と言いかけるのを、

「シッ」

と理恵は片手をあげて制した。そしてフロントグラス越しにやはり闇をうかがう。

自分でも部下たちの不安を誘っているのはわかるのだが、どうすることもできない。フロントグラスの闇を見つめずにはいられないのだ。

「水島さん、どうかしたの」

と丸山婦長が声をかける。その口調はあいかわらず悠揚迫らずふくよかに落ち着いてはいる。

が、丸山婦長が、理恵のことを主任と呼ばずに名前を呼ぶのは、それなりに緊張しているときにかぎられる。班の看護婦たちに、そのことを覚《さと》られるようなヘマはしないが、婦長とつきあいの長い理恵だけにはそのことがはっきりとわかる。

「どうかしたということはないいんですが」

理恵はややロごもるようにして言う。

「何か感じるんです。婦長は感じませんか」

「エエーッ、ヤだァ、何かって何なんですかァ」

愛子が心細げに身をよじってそう言うが、いまは誰も彼女のことにかまっている余裕などない。

愛子は、まだ十九歳の准看で、経験もとぼしく頼りなげに見えるが、そして現に頼りないところも多分にあるのだが、それでも日赤の看護婦であることに変わりはない。いざというときには、班の一員として当てにせざるを得ないし、その責任の重さにおいては、他の看護婦たちと何ら変わりはない。同じことなのだ。同僚たちもそのことがわかっているだけに、少々、子供っぽく、頼りないところがあるからといって、そのことにいちいち反応などしていられない。

「何かって」

丸山婦長がわずかに首を傾げて言う。

「何が?」

「それがわたしにもわからないんです。わからないんですけど――」

と理恵が言う。その声はややかすれていた。

そして、また、フロントグラス越しに闇の様子をうかがう。

闇が渦巻きのように何重にも層をなしてパースペクティブを深めているという印象がきわだっている。その渦の中心は闇に深々と穴を抉《えぐ》ってどこか次元の異なるところに通じているようだ。それはどこなのか。地獄、だろうか。

「軍曹、さっきの笑い声は何なんでしょうかね」

と益美が言う。

「気味が悪いスよ」

「何だかわかんないけどこのまま飛ばしちゃおうよ。主任――」

と智世が唇についたタバコの葉を爪《つめ》で取りながら言う。緊張したときの彼女の無意識の癖だ。両切りのピースに口紅のあとがついている。

「また生首にでもガンつけられたんじゃ今度こそたまんないよ。行こうぜ」

「ああ」

と理恵は頷いたが、あいかわらず窓の外を凝視していて、二人のほうには見向きもしない。

益美も智世も有能な看護婦ではあるが、どうやら、いま、理恵が感じているそれを感じ取ってはいないらしい。どうやら、それに気がついていないことでは山瀬愛子も同じであるようだ。

それ……フロントグラスの闇のなかを何かが近づきつつある、というそのことを。

もちろん、優秀な丸山婦長はそれを感じているだろうし、益美や智世ほどには有能ではない〝おっかさん〟の、安田美佐子もそれを感じ取っているようだ。

遠藤志保がどうかはわからない。彼女は死んだ女の子に囁きかけるのに忙しくて完全に外界を遮断してしまっている。たしかに何かが来た、とそう言い、その女の子を渡さないでくれ、とそうも言ったが、自分でどこまでわかってそのことを言っているのか、はなはだ疑問というべきだろう。いまの志保はもう日赤の看護婦とは言えない……

どうして婦長や美佐子が敏感に感じ取っているそれを、益美や智世には感じ取ることができないのか。この両者を分かつものは、ただ一つ、子供を持っているかどうか、というそのことだけであるはずなのだが。

どうしてかはわからないが、子持ちの婦長や美佐子には容易に感じることのできるそれが子供を産んだ経験のない益美や智世には感じ取ることができないらしい。

それ——この世の底が抜けてどこか異界への通路がつながってしまったという感覚が……その異次元の通路を抜けて何かが近づきつつあるという感覚が。

考えてみれば、女性が妊娠するというのは、ある意味では、異界につながる通路を開くということでもあるかもしれない。

わからないのは、それではどうして子供を産んだこともない理恵がそれを感じ取ることができるのか、というそのことだった。なぜなのだろう。

が、いまはそんなことなど詮索《せんさく》しているべきときではない。

フロントグラス越しにひろがる闇がじょうろのように一点に向けて急速に狭まりつつあるようなのを感じる。渦巻きのようにその中心に穴が穿たれているのだ。

もちろん現実にそうしたことが起こっているというのではない。ただ、人間の言葉ではそうとしか表現しようがない、というだけのことであって、実際に起こっているのは、そんなことではないのだろう。そんなこととはまったく違う何かが、徐々に起こりつつあるようであるのだが。

どこか異界にまで通路がつながってしまっている……そして、その何かは、子供を産んだことのある女たちの意識（理恵はそうではないのだが）にまで確実につながっているかのようで、それをひしひしと彼女たちに感じさせるのだった。

理恵は、十八のときから、看護婦として経験を積んできて、大抵のことには動じないようになっている。自分でもときに、自分のあまりに度胸がすわっていることに呆《あき》れるほどなのだ。

その彼女が今回ばかりは奇妙に胸騒ぎに似たものを覚えるのだ。なにか胸の底にブップツとしきりに泡立つものがある。非常に不吉なものを覚える。

——自分は怯《おび》えているのだろうか。

そう自問する。そのことが訝しくもあり、腹立たしくもあった。

——何てことだろう。このわたしが怯えているなんて。

もっとも、外見から見るかぎり、水島理恵はどこまでいっても沈着冷静な主任看護婦であって、内心、自分が不安にかられているのを、部下たちに覚られ、動揺を招くようなことをするはずはない。

多分、彼女が神経質になっているのを幾分なりとも見抜いているのは、丸山婦長ひとりであるだろう。理恵のほうも、丸山婦長がいつに変わらず悠然と構えているように見えながら、そのじつ、内心では動揺しているのを見抜いているのではあるが。

が、もちろん、そのことを部下たちに覚らせてはならない。婦長と主任、この二人が泰然としているかぎり、日赤の看護婦チームの有能さ、果敢さを損なうものは何もないはずなのだから。

そう、何もないはずだったのだが……

——それにしても何だと言うんだろう。いったい、この闇の底には何があるというんだろう。

理恵は手のひらが冷たい汗にじっとり濡《ぬ》れているのを感じていた。

いまの自分は指が震えて静脈注射一本打つこともできないのではないか……そんな自嘲《じちょう》めいた思いさえ覚えた。

さすがに理恵がいつまでも行動に出ようとしないのを怪訝に感じたのだろう。

「軍曹、どうしたんですか。本部に行かないんですか」

と益美が訝しげに尋ねてきた。

このまま、いつまでも闇の底をうかがってはいられない。救急車を発進して本部に向かわなければならない。そうでなければ助かる怪我人も助からなくなってしまう。

「…………」

理恵はチラリと婦長を見た。

婦長の目にも逡巡《しゅんじゅん》の色が滲《にじ》んでいた。おそらく、長年、ともにチームを組んできた理恵にしかわからないことだろうが。

が、やがて、その逡巡を振り払うように、婦長はわずかに頷いた。

——運を天にまかせよう……

婦長はその目で理恵にそう告げたのだ。彼女にはめずらしく、やや、冷静さを逸しているようだった。

それもまた他の看護婦にはわからないことであるには違いないのだが。

「…………」

理恵もまた頷いた。そうする以外に彼女に何ができたろう。

そしてヘッドライトのスイッチに指を伸ばす……

9

闇の底に何があるのかはわからない。その闇がどこにどうつながっているのかもわからない。わかりたいとも思わない。むしろ、わかるのが恐ろしい。

が、いつまでここでこうして救急車をとめて、ステアリングにしがみついているわけにもいかない。自分たち日赤の看護婦が出動を要請されたのは仕事をするのを求められてのことなのだ。怯えて、一ヵ所にジッと立ち往生するためにではない。

理恵は気力を奮い起こし、眦《まなじり》を決して言う。

「丸山班、根性入れな」

「おう！」

益美、智世、美佐子、愛子の四人が即座に応じる。

「行くよ」

「ヨッシャあ！」

いったんこうと決めたら理恵の動きに逡巡はない。ためらったところで事態が好転するわけではない。ギアをバックに叩き込むのと同時に彼女の体にもギアが入ったようだ。敏《びん》捷《しょう》そのものの動きだった。

小鳥が餌《えさ》をついばむように、素早くアクセルを踏んで、クラッチをつないだ。ギュイーン、とタイヤがブッシュを噛んで、空転し、やがて地面を噛んだ。タイヤが土を蹴りたてる。もうもうと土埃が舞いあがる。

ヘッドライトをともした。そして一気にステアリングを傾斜《なぞえ》側に切る。ブッシュから飛び出した。速度に弾みがつくのと同時にするどく反対側に切り返す。

救急車は傾斜《なぞえ》に傾きながら猛然とバックした。床が岩角にこすれてガリガリと音をたてた。ひどく不安定な走りだ。スリップしつつ、ブーメランのように走り、きわどく平坦な地に戻った。

ガタン、と音をたてて、二度、三度、と大きくバウンドした。

「…………」

理恵は救急車の体勢をたてなおすのと同時にブレーキを踏み込んだ。救急車は金切り声の悲鳴をあげて辛くもとまった。

看護婦たちにしても、まさか、こんなにすぐに救急車が急停車するとは思ってもいなかったにちがいない。そのための心の準備を欠いていた。

その反動で悲鳴をあげながら一斉に後ろに倒れ込んだ。

白衣の下に、超ミニ・スカートを穿《は》いている智世にいたっては、太股《ふともも》ばかりか、パンティまで丸見えにして、ほとんど床に逆立ちしたほどだった。

丸山婦長の体も助手席に叩きつけられた。ガクンとヘッドレストに首をのけぞらせる。かなり痛かったのだろう。

さしもの温厚な丸山婦長も、

「主任、どうかした——」

そう言いかけた口調が怒りをみなぎらせていた。が、そう言いかけて、その語尾を喉《のど》の底に呑み込んだのは、フロントグラスを見て、どうしたのか、それが一目瞭然《いちもくりょうぜん》にわかったからにちがいない。

「………」

丸山婦長はショックを受けたようだ。ハッと息を呑むのが聞こえたが、その声がほとんど泣き声に近かった。かぎりなく悲鳴に近いといっていい。

彼女にはめずらしいことだ。これほどのベテランになるとまず大抵のことには驚かないものなのだが。

一昨年、死者数十人を出した凄惨《せいさん》な列車事故現場に出動したときにも、丸山婦長がその平常心を失うのを見た人間は一人もいないはずなのだ。それなのに——

いや、どんなベテラン看護婦であろうと、いま、救急車の正面に立っているそれを目《ま》のあたりにすれば、とうてい平静ではいられないにちがいない。

現に、丸山婦長ほどではないにしても、やはり、すでにベテランの域に入っているはずの理恵が、それを見て、反射的にブレーキを踏んでしまったほどなのだ。

どんなに豪胆な人間もそれを見たのでは平静ではいられない。

それ——頭部が三つある生きている死体を見たのでは。

一つめの顔――

男、だろうか。本来、あるべきはずのところにある頭部には顔がない。皮膚が焼け落ち、牛肉の赤身のように表情筋があらわになっている。表情筋は、ふつうの筋のように両端が骨に付着しておらず、一端は骨に、他端は皮膚に付着している。その皮膚が失われているために、表情筋がイソギンチャクの触手のようにビロビロになって夜風にそよいでいるのだ。

表情筋をあらわにした虚ろな表情からは、かろうじて男女のべつはわかっても、その年齢の見当まではつかない。両目を閉じているが、やはり瞼《まぶた》が失われているために、その閉じた目に、縫いあわせたように無数の皺《しわ》が落ち込んでいるのだ。若いのか歳をとっているのかわかるはずがない。

二つめの顔――

墜落したときの衝撃で、後ろの座席にすわっていた人間が、前の座席を突き破り、そこにいた人間の背部にめり込んでしまったのだろう。下肢《かし》はすでに失われ、上半身だけが胴体を突き破り、まえの人間の胸にそのデス・マスクをうっすらと刻んでいるのだ。

その顔は胸の皮膚の下にある。が、悲鳴をあげ、ほとんど引き裂けんばかりに開けた口の、その歯だけが、墜落の衝撃に、皮膚を突き破って、まるで墓石のように胸に生えているかに見えるのだ。切歯、小臼歯《しょうきゅうし》、大臼歯《だいきゅうし》、犬歯が、まるで歯科医の模型のように、きれいに胸に生えている。

隠された顔とでもいえばいいのか。顔のようであって顔のようでない。ときおり、その胸の皮膚がゴムのように滑らかにうごめいて、一瞬、〝隠された顔〟があらわになることがあるが、すぐにそれは歯だけを残し消えてしまう。おぞましいのはその顔がしきりに何事か呟いているかのように見えることなのだが。

そして三つめの顔——

若い女、なのだ。どの方向から衝撃を受け、どこがどう組みあわされば、そんなことが可能になるのか。その頭部は右肩に生えていた。こんなことがあるだろうか。その顔はまったくの無傷だった。いや、傷はおろか火傷《やけど》のあと、しみ一つついていない。

目が澄んで、目鼻だちの整った、端正といっていい容貌《ようぼう》をしている。美人といっていいだろう。が、残念なことに、その頭部には髪の毛がない。というか、そもそも頭部が残されていない。頭蓋《ずがい》がパックリ割れて脳があらわになっているのだ。うっすらとクモ膜に覆われて大脳がぬれぬれと生々しいほどだった……

体つきは男だ。ただし異様に大きい。身長はせいぜい一八〇を何センチか超えるほどなのだが、その体格が桁外《けたはず》れに大きい。首の下から上腕につづいて、その肩甲骨から三角筋にかけての厚みが尋常ではないのだ。まるで岩のようなのだ。

なにしろ不完全な姿にせよ三人もの人間が合体しているのだから、その体格が怪物めいて大きいのも当然かもしれない。ひかえめに見積もっても常人の二倍ほどの大きさはありそうだ。素肌に、コートを着ているのだが、そのコートがベストのようにちんまりと見えるほどだった。

全身、黒焦げになっていて、剝離《はくり》した皮膚の下から赤い筋があらわにさらけ出され、いたるところに靭帯《じんたい》や腱《けん》が剝《む》き出しになっている。下半身はほとんど原形をとどめないまでに破壊されているが、上半身はまだかろうじて肉体の痕跡《こんせき》を残している。

ヘッドライトの明かりのなかにそいつは立ちはだかっている。その怪物めいた姿は、あまりに醜怪にすぎて、気味が悪いというより、ほとんど荘厳な印象を与えるほどだった。

「…………」

救急車の看護婦たちは誰ひとり声をあげようともしない。その怪物めいた姿を目のあたりにして、さすがに気丈な彼女たちも臆病風《おくびょうかぜ》に吹かれたのだろうか。怖《おそ》けをふるってしまったのか。

なにしろ、その姿に驚いて、理恵がパニックブレーキを踏んで、丸山婦長が悲鳴をあげそうになったほどなのだ。その姿の凄まじさたるや想像を絶している。どんなに日赤の看護婦たちが職業意識に徹して任務に忠実であろうとたまったものではない。その怪物はヘッドライトの明かりのなかに立ちはだかっている。目を開いているのは、その肩から生えている女の顔だけなのだが、そしてその目はあまりに虚ろなのだが、それでもその凝視をひしひしと感じずにはいられない。怪物はジッと救急車のなかを覗き込んでいるのだ。

——いや、怪物なんかじゃない。

と理恵は思う。

航空機事故の気の毒な犠牲者なのだ。看護婦としてはそう思わなければならない。ジャンボ機が墜落した衝撃には想像を絶するほどのものがあり、悲惨なことに、乗客、クルーの体など、一瞬のうちに、たんなる残骸になってしまう。

離断遺体、部分遺体、と一言でいうが、それでもどこかに人間の名残をとどめているだけ、まだましと考えるべきだろう。黒焦げになって、ほとんど人間の原形をとどめることがない。黒く炭化した、得体の知れない塊《かたまり》になってしまうものがほとんどといっていい。だから、どんなに怪物めいて見えようと、よしんば動きまわっていようと、それは悲惨な航空機事故の被害者であって、看護婦たる者がそれを怪物呼ばわりするなどとんでもない話なのだ。

実際に、理恵は、日本赤十字社J――支部・丸山班の主任として、これまで何度か凄絶な事故現場に出向いているが、これまでただの一度として、悲惨な遺体に嫌悪感を抱いたことなどない。

しかし――

その遺体にかぎっては怪物めいたという印象を抱かざるを得ない。たんに動きまわっているというだけではなしに、その遺体にはどこか根本的に、というか致命的に、きわだって異質なものが感じられるのだった。

そして、それは必ずしも理恵一人の感想ではなかったらしい。どうやら、ベテランである丸山婦長にしてからが、似たような印象を抱いたようなのだ。その証拠に丸山婦長はこう口のなかで呟いたのだった。

「ルシファー……」

丸山婦長は敬虔《けいけん》なクリスチャンであるだけに、そいつの怪物めいた姿に、悪魔の名前を思い出さざるを得なかったわけなのだろう。

たしかルシファーは三つの頭部を持った〝悪魔〟ではなかったろうか。ダンテの「神曲」で（といっても子供向けのダイジェスト版であったが）読んだことがある。はるか地の底、氷の地獄に、下半身を凍《い》てつかせ閉じ込められているのではなかったか……

そのルシファーを思い出さざるを得ないほど、そいつの姿はたんにグロテスクに怪物めいているというにとどまらず、どこか悪魔的に、きわめて独特な印象をきわだたせているわけなのだろう。

そして――

その〝ルシファー〟がふいに口を切って、理恵たちに声をかけてきたのだった。「その女の子を渡せ」と――

10

〝ルシファー〟には三つの顔がある。その〝ルシファー〟に声をかけられて、

――三つの顔のどれが声をかけてきたのだろう。

看護婦たちが一様にそうとまどったことは想像に難くない。

表情筋がイソギンチャクのようにそよいでいる〝顔〟か、胸に埋まって歯だけをそこに生やしている〝顔〟か、それとも無傷に肩から生えている女の〝顔〟なのか？……

いずれにせよ、〝ルシファー〟がすでに死んでいることは間違いない。〝ルシファー〟にかぎらず、墜落事故の犠牲になって、この山をさまよっている人間は、一人の例外もなし

に死んでいるといっていい。問題は、すでに死んでいるのに、山をさまよっているというそのことであるのだが。

「その女の子を渡せ」

〃ルシファー〃がそう言ったとき、その声はどこかガーガーと機械音めいて、いかにも耳ざわりなものに響いた。

男のものとも女のものともつかず、いや、そもそも人間の声であるのか、たんに人間を模した何かの声であるのか、それさえ判断がつかない。

ただ、その声にこもっている、ある獰猛《どうもう》で威嚇的な響きだけは、誤解の余地のないもので、それを聞いている看護婦たちを一様に緊張させずにはおかなかったのだが。

声は、いや、声ともつかぬそれは、ゴボゴボと泡だつように、闇のなかにエコーを曳《ひ》きながら、救急車の看護婦たちにメッセージを送ってきたのだった。

「その女の子を渡せ……おまえたちの基準によれば、もうその子の肉体は滅んでいるはずではないか。滅んであとは腐敗を待つだけのことではないか……おまえたちにその女の子は必要ない。必要なのはわれわれのほうなのだ。だから、その女の子をわれわれに渡せ……」

それが笑っているとも泣いているともつかなかったあの声と同根のものであることは疑

いようがなかった。同じ人間（人間？）の喉から発せられているというのではない。そもそもそれが〝喉〟から発せられているかどうかも疑問で、ただ、なにか同じものから発せられているのにちがいない、とそう思わせるだけのことだ。

「…………」

看護婦たちがたがいに顔を見合わせる。それぞれの目を覗き込んだ。

それというのも、その声には、現実に聞こえてくるのかどうか、疑わしいと感じさせるものがあったからだろう。その声にはどこか非現実的な響きがあった。テレパシー、と呼ぶのは、あまりに非科学的だろうが、なにか空気の振動を介さずに、頭のなかに直接とどいているような違和感を感じさせた。

もちろん、声は、現実に聞こえていた。幻聴でもなければテレパシーでもない。看護婦たちはたがいの目のなかにそれを確認することができた。

もっとも、その声が現実のものであるとわかったところで、看護婦たちがそのことに安《あん》堵《ど》できるわけではない。現実の声とわかればわかったで、頭の三つある〝怪物〟が自分たちに何かを伝えようとしている、というそのことに驚愕し、慄然とせざるを得ないわけでもあるのだから。

「その子を渡せ……その子はわれわれのものだ……もうすでにその子はおまえたちのもの

ではない……われわれの仲間なのだ……その子を渡せ……」

〃ルシファー〃が執拗に繰り返した。どちらかというと小声なのだが、なにか頭の近くで囁かれるように、不自然なまでに、まざまざと耳元に響きわたるのだ。そのことがテレパシーという非科学的な印象をもたらしているのにちがいない。

その〃ルシファー〃の言葉が、さっきまでの遠藤志保のうわ言めいた言葉に符合するのに気がつき、どうして志保にそれがわかったのか、そのことに驚いて、

「………」

看護婦たちは一斉に彼女を振り返る。

志保は同僚たちの視線に気がついて、怯えたような表情になった。その視線から護ろうとでもするかのように、あらためて死んだ女の子の体をしっかり抱きしめた。

そして、いやいやをするように首を振りながら、尻で後ずさりをし、救急車の後部扉にぴたりと背中をつけた。扉にさえぎられ、もう後ずさりはできないのに、それでも逃げつづけようとするかのように、両足を交互に床に屈伸させている……

そして言う。

「いやよ。この子は誰にも渡さない。絶対に渡さない。あなたたちにだって渡さない。渡すもんですか！」

その声には敵意があからさまだった。妊娠している雌猫のように尻尾の毛を逆立てていた。うかつに近づこうものなら、それこそ手のひらを引っ搔《か》かれかねない。

もう彼女には自分が丸山班の一員であるという自覚すらないのか。もともとチームへの帰属意識にとぼしい看護婦ではあったが、ここに来て、それが完全に破綻《はたん》してしまったのだろうか。

「………」

看護婦たちはたがいに顔を見あわせた。その表情にはショックの色がありありと滲《にじ》んでいた。

「志保さん、どうして」

と愛子が泣きそうな声で言う。

「そんなこと言うんですか」

日赤の看護婦班は、それが有能な班であればあるほど、チームワークを重視する。重視せざるをえないのだ。

看護婦たちの組織が軍のそれに似ていると言われるのも、困難な仕事を成就するには、同僚の信頼を得ることが必要であるし、ときに全面的に自分の命を同僚に預けなければならない場合もあるからだ。

看護婦には、偵察の仕事もあれば、後方支援の仕事もあり、ときにすみやかな撤退を強いられることもある。どんな場合にも、一致団結した力が必要であるし、とりわけ丸山班は、婦長、主任、看護婦たち相互の信頼関係が厚くて、そのチームワークのよさはきわだっている。

それだけに遠藤志保が、同僚たちに見せた態度には、山瀬愛子ならずとも、ショックを受けるのが当然だったろう。

航空機の墜落現場で、死んだ女の子を見つけ、志保のなかで何がどう壊れることになってしまったのか？　それは推測するのさえ難しいが、そのことで彼女の精神状態が完全にバランスを崩してしまったらしいことは容易に想像がついた。

悲しいことに、志保のなかでは、丸山班の同僚たちは、同僚であるどころか、彼女から死んだ女の子を奪おうとしている敵のようにも意識されているらしいのだ。

いま志保は、同僚たちの視線を避け、ひたすら床の一点を見つめているのだが、その姿勢はいかにもかたくなで、全身で他者を拒んでいるのがありありと感じられた。要するに、とりつくしまがない……

「これはアカンわ——」

と智世が投げたようにつぶやいて、理恵に視線を戻した。そして、どうにかなりませんか、主任、とそう声をかけた。

「…………」

理恵は志保を見つめた。

同僚たちにそっぽを向いているその横顔が氷の彫刻のように冷えびえと孤独を刻んでいる。

残念なことに志保は看護婦としてはきわめて無能と言わざるをえない。そのことが彼女をして必要以上に自分を卑下させることになった。自己卑下は孤立を招いて、孤立は拒絶を呼ぶことになった……

理恵のことも、同僚の看護婦たちのことも、丸山婦長のことさえも、彼女の意識のなかでは、どれほどの重要性も持っていないのだろう。おそらく、チームワークという言葉ほど彼女の実感から縁の遠いものはないのではないか。

彼女のことについては、丸山婦長にも増して、主任の理恵に責任がある。主任としては、看護の仕事が順調に運ぶように目配りするばかりではなしに、チームをまとめることも、その職責のうちに入っているのだ。

が、どちらかというと、ぶっきらぼうな理恵には、それはもっとも苦手な種類の仕事であった。志保のことは気になってはいたのだが、苦手意識に、連日の忙しさが加わって、つい、これまで後回しにしてきたのだった。

いまになって、そのことが悔やまれるのだが、ツケを払わなければならないときになって、いまさら後悔したところで、それはもう手遅れというものだろう。

理恵は、遠藤さん、と名を呼んで、そのあとにどう言葉をつづけるべきか、ちょっとためらったが、

「どうして、あなたは、あれ——そうだな、〝ルシファー〟と呼ぼうか——が、その女の子を欲しがるということを、あらかじめ知ることができたの？　〝ルシファー〟はその女の子をどうするつもりなのかしら。〝ルシファー〟とその女の子とはどんな関係にあるのかしら」

結局、そう正攻法で尋ねることにした。それ以外にない。

まわりの人間をすべて拒絶し、自分ひとりの殻のなかに閉じこもっている志保が、理恵の質問にまともに応じてくれるかどうか、まったく自信はなかった。それこそ壁に向かって話しかけるように、にべもなしに無視されることになるのを、なかば覚悟していたといっていい。

しかし、意外なことに、志保はすぐさま返事をしてくれたのだった。

いや、はたして志保本人が返事をしたと考えていいものか、あるいは〝ルシファー〟が

彼女の口を藉《か》りて返事をしたと考えるべきかもしれない。その陰々滅々として、どこか機械めいて非人間的な響きは、とうてい人間の声とも思えない。

志保はあいかわらず同僚たちにこわばった横顔を見せているのだ。そのことに変わりはない。その横顔を見るかぎり、とうてい彼女が誰かの呼びかけに反応するなどとは思えない。

その横顔は、たんにかたくなというにとどまらず、自分をどこまでも拒絶のうちに幽閉しよう、幽閉しなければならないという、なにか徹底した意志のようなものを感じさせ、そもそも理恵の言葉を理解できたかどうか、それすら疑わしく思えるほどなのだ。

それなのに、彼女の唇だけがまるで操られてでもいるかのように、ゆっくりと開閉し、陰々滅々と、(嗄《しわが》れているのではなしに)軋んだ声をつむぎ出したのだった。

それは理恵に何かありえぬものでも見たかのような驚きをもたらした。

――それはほんとうに志保の声なのだろうか……

理恵はそう疑わざるをえない。

たしかに志保が口を開いて、その喉から出てきた声ではあるのだが、錆《さ》びた歯車のようにその声質が軋《きし》んでいることに、その内容の異質さがあいまって、それは絶対に、人間のものではありえない、とそう感じさせるのであった。

「その子はわれわれのナビゲーターなのだ……われわれにはその子が絶対に必要なのだ……われわれが帰還するためには何としてもその子が要るのだ……」

第二部　予言

1

油の切れた歯車が軋《きし》むのに似た声だった。人間の声のようではない。それが陰々と尾を曳《ひ》いて響いた。救急車のなかにとどまらず外にも響いているように聞こえた。

「…………」

理恵は反射的にフロントグラスを振り返った。

外には、ヘッドライトの明かりに照らされて、あいかわらず〝ルシファー〟が立ちはだかっている。プロレスラーのような（ただ一つしかない）巨体に、三つの〝顔〟がうごめいていた。

一瞬、その声が、遠藤志保の口から出たものなのか、それとも外の〝ルシファー〟の口から出たものなのか、その判断に迷って、混迷におちいったのだ。

たんに、どちらの口から出たのかわからない、ということではなしに、どちら、どちらの口からも同時に出たかのように感じられ、なにか時間と空間が微妙に混乱し錯綜《さくそう》しているような思いにとらわれた。

そのことに混乱したのは理恵ひとりではないようだ。

益美や、智世、美佐子や、それに愛子なども、救急車のなかにいる志保と、外にいる〝ルシファー〟とのあいだを、あわただしく視線を行き来させていた。どの顔も途方にくれていた。

部分遺体、離断遺体……炭化した木切れのようになって死んだ人間が動きまわっているのだ。いまさら、どんなことがあっても驚くまでもないようなものだが、じつは彼女たちは、死んだ人間が動いているそのこと自体にはそれほど驚いてはいない。

いや、そんなことはない。もちろん、驚いている。驚いていないわけはないが、彼女たち看護婦は、生死のはざまがいかに微妙で移ろいやすく、ときに恣意《しい》的《てき》なものであるか、そのことをきわめてよく承知している。

その持ち場によっては、看護婦は、医師にも増して、非常にしばしば患者の臨終に立ちあわなければならない。

ついに治療の効がなかったとき、あるいは延命装置を外さなければならないとき、彼女たち看護婦は、いやおうなしに生死のあわいに立たされることになる。人の生死の違いがどんなに朦朧《もうろう》として、微妙で、指摘しがたいものであるか、彼女たちほどそれを知っている者はいない。

だから、こうして死者たちが動きまわっているのを目のあたりにし、それはもう、恐ろしいことはこれ以上もないほど恐ろしいのであるが、その一方、どこか意識の隅で、それに対して、常人とは異なる受けとめ方をしているようだ。

末期患者を看取《みと》るのを仕事にしている看護婦たちは、十人が十人、無意識のうちに、死、人が生きている、のは当たり前だ、というふうに感じているはずである。

人は生から死にドラスティックに移行するのではない。生死の別は、たんなるプロセスの違いであって、人は生きて死んでいる、死んで生きている、そのはざまに彼女たち看護婦の仕事がある……そうではないか。

だから、じつは、死んだ人間が動きまわっているのを見ても、彼女たちは自分たちで思っているほどには、あるいは盛大に悲鳴をあげるほどには、内心、そのことを恐れていないのだ。

が、そんな彼女たちであるが、救急車のなかにいる志保と、外にいる〝ルシファー〟とが、一つの声を共有しているなどという怪異現象に出くわすと、たやすく慄《ふる》えあがってしまう。

いまも、若い愛子は当然のこととして、益美や、智世、美佐子たち、すでに中堅といっていい看護婦たちが、〃ルシファー〃の声を聞いて、ガタガタと歯の根があわないほどに震えているのだ。

「その子はわれわれのナビゲーターなのだ……われわれにはその子が絶対に必要なのだ……われわれが帰還するためには何としてもその子が要るのだ……」

また志保がそう言う。

たしかに志保が自分でそう言っているはずなのに、その声が、救急車の外からも聞こえてくる。非人間的というのも愚かしい、錆《さ》びた金属のような声が、地を舐《な》めるようにして、闇《やみ》の底に響いているのだ。

ここではどこか時空がグロテスクにねじ曲がってでもいるのだろうか。救急車のなかにいる志保と、外にいる〃ルシファー〃とが、同じ一つの声を共有しているのをどう理解すればいいのか。

が、声は共有していても、その思いまでは共有していないようである。

――われわれにはその子が絶対に必要なのだ……

〃ルシファー〃と共に、そう自分自身で発言しながら、しかし志保の顔は凄絶《せいぜつ》なまでに歪《ゆが》んでいる。

もちろん、それが志保の本意でないことは言うまでもない。何らかの力が働いて彼女はそれを言わされているのにちがいない。それが〝ルシファー〟が意図してやっていることであれば、その悪意はそうとうなものだと言わざるをえない。

苦悩が、あるいは絶望が、際限もなしに志保の胸をさいなんで、その罪悪感の反動からか、彼女はなおさらに死んだ女の子を力をこめて抱きしめているのだが——

——わたしの看護婦に何てことしやがるんだ。

そんな志保の姿を見ているうちに、ふいに理恵の胸に激しい怒りがきざした。全身がわなわなと震え出すような腹の底からの怒りだ。すっくと立ちあがった。

「…………」

丸山婦長と目があった。どちらからともなしに頷《うなず》きあった。

2

頷いて、

「みんな、それでも日赤の看護婦かよ。恥ずかしくないのか。何だ、あんなもの。あんなのにオタオタするんじゃないよ」

理恵が声を張りあげた。

間、髪を入れず、丸山婦長がいつになくてきぱきとした調子で、

「おっかさん、遠藤看護婦が怖がってる。抱いてやりなさい。

斉藤看護婦、あなたは主任のヘルプに回ること。精神安定剤、それに睡眠導入剤の注射を準備！　もし、ああ、あれが、主任に乱暴を働こうとしたら、すかさず注射を打つ。あれは体が大きい。常用の二倍の量にするのを忘れない。

森村看護婦、あなたは救急車の運転席にスタンバイ。万が一の場合、あなたが主任にかわって運転すること——」

その声に弾《はじ》かれたように看護婦たちが一斉に動いた。

森村智世が、何とはなしにウキウキとした声で、「婦長、いざってときにはあいつを轢《ひ》いてもいいですか」とそう尋ねるのに、

「馬鹿野郎」

と丸山婦長が小気味よく応じて、

「わたしたちは看護婦じゃないか。どんなことがあっても人を傷つけるようなことをしていいわけがない」

「そりゃ、人を傷つけるのはしてはならないかもしれないけどさあ、あいつは人じゃない

よ。あいつは……」

「智世、うるさい――」

理恵はその一言で智世を黙らせた。ほんの数年まえまでレディースの武闘派でならした智世が理恵に対してだけはまったく頭が上がらない。

こういうときの理恵は他の誰にも増して凄味《すごみ》を感じさせる。また、そうでなければ献身的に人を助ける看護婦のチームを引っ張ってなどいかれない。

愛子ひとりが取り残され、うろうろと立ったりすわったりを繰り返しながら、

「わたしは何をしたらいいんですか」

「あなたは何もしなくていい。そのうちに嫌でもいろんなことをやってもらうことになるんだから――」

丸山婦長はいつもの優しい口調でそう言うと、益美のほうを向いて、うって変わって厳しい声で、

「主任のことを頼むわよ」

益美は頷いて、はい、と言い、注射器のセットを胸ポケットに入れ、軍曹、と声をかけて、

「わたしのほうはいつでもいいです。準備できました」

「ああ」

理恵は頷いた。

白衣のポケットに指を入れ、お守りの「ウサギの尻尾《しっぽ》」にソッと触れる。その柔らかな感触にふと心がなごむのを覚えた。そして、あらためて益美の顔を見ると、ああ、ともう一度、今度はやや力を入れて頷いた。

「気をつけてね、気をつけてね」と愛子が涙ぐんで言う。

「戻ってきて下さい」と〝おっかさん〟の美佐子が言う。

「あちしが必要だったら、すぐに救急車で駆けつけるから」と智世が言う。

「ありがとう」

理恵は頷き、益美をうながし、行くよ、と言う。

益美が頷き返すのを見て、一気に、救急車の横扉を開ける。そして、益美と二人して、夜の闇のなかに乗り出していった……

3

……ジャンボ機の墜落事故は、その犠牲者の多さからいっても、また、遺体の悲惨さからいっても、現代科学文明最大の悲劇といっていいだろう。

遺体の回収には数百もの「極楽袋」が用意されなければならないし、ありとあらゆる部分遺体、離断遺体の凄惨《せいさん》さに精神的に耐えるには、それこそ鋼《はがね》の神経が必要とされる。端的に言ってそれは地獄絵図以外の何物でもない。

が、現場がどんなに地獄絵図の様相を呈していようと、治安を預かる者は、それに怯《ひる》んでなどいられない。今回の事故に関していえば、いつになく当局が迅速に反応し、そのことは、後になって、マスコミに好意的に報じられる一因になった。

当局が迅速に対処しえた理由の一つとして、事故が起きる十分ほどまえ、すでに管制塔《コントロール・タワー》が、この航空機に何らかの異常事態が発生したのを把握していた、ということが挙げられるだろう。

事故が起こる十分まえ、パイロットと管制官とのあいだに緊迫したやりとりが交わされた。交信はすべて記録されているが、その内容のあまりに異常なことが鑑みられて、この記録が公表されることはついになかった。

その交信記録によれば、なにか銀色に光るものが、執拗《しつよう》に、航空機を追尾していたようなのである。パイロットはうわ言のように、あれは何なんだ、あんなものは見たことがない、と繰り返し、ときに凄《すさ》まじい絶叫を放つことがあったという。

管制官は「落ちつけ、落ちついて状況を話せ——」と繰り返し、自重を求めたのだが、パイロットはただもう混乱するばかりで、まともな会話が成立しなかった。最後には、ただ「恐ろしい、恐ろしい……」と繰り返すだけで、ついには管制官の呼びかけに一切応じないようになってしまった。

業を煮やした管制官は、副操縦士《コパイロット》に応答を求めたのだが、何があったのか、コパイロットはただゲラゲラと笑いつづけるばかりだったという。

その直後に、航空機との交信は切れたのであるが、のちに交信記録を詳細に分析した事故調査官によれば、どうやら、その光るものが航空機と空中衝突したのではないか、ということだった。

ただし、その光るものが何であるか、そのことはついに公《おおやけ》にされることはなかったのであるが。

ただ、ここで一考されるべきは、この航空機事故について、在日米軍が異様なまでに関心を示したということだろう。

本国からどのような指示があったものか、在日米軍はほとんど安保条約に抵触しかねないまでの、ぎりぎりの動きを見せた。日本側に何の了解を求めることもなしに、事故空域に偵察機を飛ばしたのもそうであるし、独自に事故調査隊を結成し、それを現地に派遣したのもそうだろう。

そのくせ、在日米軍司令部は、そのことで得た情報を、一切、日本側には洩《も》らそうとしなかった。まるで属国に対するような扱いであり、これでは日本が内外に独立国家を標榜《ひょうぼう》するのは、まったくの空文のようなものだといっていい。

それまで日本政府は在日米軍に対して極端に弱腰でのぞむのが常だったのだが、さすがに今回ばかりは、公式に不快の意を表明したほどであった。

もっとも、そのことに関して、在日米軍側では一切コメントを出さなかったし、日本政府側にしても、それ以上、何をしたわけでもなかったのだったが。

いずれにせよ——

そんな事情から、墜落事故が一報されたその一時間後には、すでに県警捜査第一課長の指揮のもとに、県警警備部・機動隊、および地元所轄署の警察官、総勢三百名からなる大部隊が現地に集合を終えていたのだった。

さらに陸上自衛隊駐屯部隊の自衛官二百名がそれに加わり、じつに総員五百名の陣容がたちどころに整えられ、さしもの遺体回収の難事業もすみやかに収斂《しゅうれん》に向かうものと予想された。

事実、五百人以上もの警察官、機動隊員、自衛官たちは、即座に遺体の回収に取りかかったのだが、作業が開始されてわずか六時間後には、じつに遺体回収部隊員の八〇パーセントまでが職場放棄のやむなきにいたったのだった。

どうして彼らは職場放棄のやむなきにいたったのだろう。いや、なにも警察官や自衛官ばかりではない。県警警察医会、現地医師会、歯科医師会から派遣された医師たちも、わずか数時間のうちに、そのほとんどが逃げるように山から下りてしまったのだ。どうしてなのか。

……この墜落事故で、乗員、乗客、五百名あまりが、無残な死を遂げることになったものと推定される。生存者の可能性はない。あれほど巨大なジャンボ機が、超高速で地表に激突するその衝撃の凄まじさには、想像を絶するものがある。

こうした航空機事故のつねで、専門家が完全遺体と呼ぶ、きれいな遺体は数えるほどしかない。いわゆる部分遺体、離断遺体がほとんどであり、それだけに現場状況の悲惨さ、凄絶《せいぜつ》さは想像に余りあるといえるだろう。

しかし、もちろん、ただ、たんに現場の状況が悲惨だからといって、それだけで警察官、機動隊員、自衛官ともあろうものが、一斉に職場放棄に走るはずがない。

遺体が悲惨な状態で横たわっているのを見るのはまだしも我慢ができる。が、遺体が悲惨な状態で動きまわっているのを見るのは我慢ができない。

そんなものを目《ま》のあたりにしたのでは、どんなに豪胆な人間であっても現場から一目散に逃げ出さずにはいられないだろう。そうではないか。黒焦げの木の根っこのようになってしまった手や足などの部分遺体、腐敗しかかった離断遺体、炭化して火山石のようになってしまった大小の塊……

そうしたものが這って、うごめいて、歩いて、笑って、泣いて、襲いかかってくるのだ。たまったものではない。

あまりのことに報道管制が敷かれ、いや、報道管制など敷かれなくとも、新聞、テレビなどの報道人は真っ先に逃げ出してしまい、ついにその事実が国民に知らされることはなかったのだが。

警察官、機動隊員、自衛官、医師たちはもちろん、報道記者たちが現場に踏みとどまれなかったことにしても、やはり不名誉のそしりはまぬがれないだろう。誰もあえて、その汚名をわが身に引き受けようとはせず、つまるところ、とうとう正確な事実が報じられることはなかったのだ。

したがって警察官から、機動隊員、自衛官、医師、報道関係者たちにいたるまで、ほぼ全員が逃げ出した状況にあって、ただ日本赤十字社から動員された看護婦たちだけが現場に残り、そこかしこで、ひとり奮戦したという事実は、ほとんど人に知られることがなかった。

ましてや、その日赤チームのなかでも丸山班と呼ばれる看護婦チームが、遺体を回収するために、じつに凄絶といっていい活動をくりひろげたことなど、ついに後世に知られることはなかったのだった。

4

……それほど標高のある山ではない。麓《ふもと》からは有料自動車道があるし、夏にはキャンプ場が開《ひら》かれる。その渓谷は川釣りの名所としても知られている。要するに、登山をするというより、ハイキングをするといったほうがふさわしい山であるのだ。

が、その、いつもは穏やかな山容が、いまは、文字通り、屍山血河《しざんけつが》の地と化している。いたるところ死臭がたちこめ、生臭い血風が吹いているのだ……

「…………」

斉藤益美は大きく息を吐いた。そして息をとめる。ほとんど喘《あえ》いだといっていい。

――この臭《にお》いはどうだ。

看護婦たちは悪臭に慣れている。慣れなければ仕事にならない。

壊疽《えそ》にただれた肉の臭い、蓐瘡《じょくそう》の膿《うみ》の臭い、失禁した糞尿《ふんにょう》の臭い、内臓に溜《た》まったガスの臭い……

看護婦たちはありとあらゆる悪臭に耐えなければならない。実際、看護婦という仕事は、悪臭に慣れることからはじまるといっていいほどなのだ。

が、そうであっても、ついに慣れることのできない悪臭というものはある。人間の忍耐の限界を超えた悪臭というものがある。

いま、ここの臭いがそうだ。こんな悪臭にはどんな人間も慣れることなどできるものではない。

その悪臭に嘔吐感《おうとかん》がこみあげてくるのを覚える。今朝《けさ》から何も食べていない。もう胃には吐くべきものなど何も残っていない。それなのに嘔吐感ばかりが執拗だ。

何度も、空えずきを繰り返し、涙が滲《にじ》んで、ついには足がもつれるのを覚える。それでも歩きつづける。歩きつづける以外にない……

……そこかしこで闇の底が大きくうねるのが感じられる。

ガサガサ……と布を擦《こす》りあわせるような音が聞こえてくるのは、あちこちに放置されている「極楽袋」のなかから、何かが這い出そうとしているからにちがいない。

何かが……ちぎれた腕に、ちぎれた足が……内臓があらわになった腹部に、胴体に頂部までめり込んでしまった頭が……背骨と一つながりになった大腿骨《だいたいこつ》に、顔面の片側だけ残された皮膚に付着した頭髪が……挫滅粉砕《ざめつふんさい》された胸郭部に、転がる生首が。

歩いていくにつれ、何かが足をかすめるのを感じる。そうかと思うと、くるぶしまで、ベットリとからみつくような感触を覚える。

冷たく乾いたものが……ぬるぬると濡《ぬ》れたものが……ザワザワと蛆が群れるようにうごめくものが……さらには指のようなものが……

闇の底に、ヒソヒソと囁《ささや》き声が交わされ、笑い声が這い、鬼哭啾啾《きこくしゅうしゅう》と何かのすすり泣く声が聞こえ——

「…………」

さすがに益美は足が萎《な》えそうになるのを覚える。

このまま、救急車に逃げ戻ることができればどんなにいいだろう、と思う。

が、そんなことはできない。主任が数メートル先を歩いている。彼女をひとり残して救急車に逃げ戻るわけにはいかない。婦長に理恵のことをよろしく頼むと言われた。だから自分だけ逃げ戻ることはできない。

益美が、理恵の後方を、やや離れて歩いているのは、彼女の身に何かがあったとき、迅速に行動に移ることができるように、と考えてのことだ。

看護婦たる者、どんなに患者の病状が急変するようなことがあっても、つねに、それに適切に対処できるだけの万全の準備を整えておかなければならない。

たとえば、何らかの理由で、患者が急に暴れだす、ということだってないとはかぎらない。とっさに、脊髄《せきずい》に麻酔を打たなければならない、などという事態にいたるかもしれない。優秀な看護婦たらんとすれば、どんな事態になっても、適切に、敏捷《びんしょう》に動けるように、あらかじめ自分のまわりに、ある程度の空間を確保しておくように心がけるべきであろう。

益美が、理恵からやや距離を置いているのはそのためであるのだが、それればかりでなしに、あの三面一体の怪物からできるかぎり離れていたい、という無意識の思いもないではないようだ。

——だれでも怖いさ。いくら日赤の看護婦だって怖いものは怖いよ。

益美は胸のなかでそう独りごちた。

そう、だれでも怖い。それは当然のことだろう。が、水島理恵だけはちがう。さすがに丸山班の主任だけあって、彼女の根性は筋金入りだった。ためらわず〝ルシファー〟に向かって歩いていくのだ。

——やっぱ軍曹は凄《すご》いわ。

益美はあらためて理恵のことを感嘆の目で見つめずにはいられなかった。

背後から、智世が、救急車のヘッドライトで、〝ルシファー〟の姿を照らし出している。

その明かりのなか、常人の二倍ほどの巨体に、三つの顔を持つ〝ルシファー〟の異形が、いよいよ凄《すさ》まじい。

〝ルシファー〟のいるそこ、その空間にはやはり、どこか異次元につながる通路のようなものが穿たれているのではないか。ヘッドライトの明かりが、なにか奇妙に錯乱し、その粒子が靄々《あいあい》とたなびいて、どこかに流れているかのようなのだ。

どこかに……異次元に……

理恵は〝ルシファー〟のまえで立ちどまった。そして言う。

「言いたいことがあったら言いなさいよ。聞いてやるからさ——」

益美の耳には、その声が震えているように聞こえたが、ほかの誰にも増して強靭《きょうじん》な精神力に恵まれている主任のことだ、まさか怖いなどということがあろうはずがない。

夜風が冷たいのだろう。きっとそうにちがいない……

5

それほどの標高ではない、といってもやはり人里離れた山中のことで、夜には、相応に気温が下がる。山肌を縫って吹き抜ける風がこの季節にはめずらしいほど冷たい。冷たいのも冷たいが、その風に乗って運ばれる血臭が、あまりに生臭く、そう、生臭いというのも愚かしいほどに生臭く、濃密にすぎるのに悩まされる。

職業がら、血の臭いには慣れているといっていいのだが——その、慣れているはずの理恵にしてからが、ひっきりなしに嘔吐感に悩まされ、なにか頭のなかがクラクラするようなのを覚える。

血の臭い、腐爛《ふらん》したガスの臭い、ただれた膿の臭い、糞便臭……人はあまり知らないことであるが、そうした悪臭はある一定の限度を超えて、あまりに濃密にすぎると、人を非現実感に誘う。

いや、そうではない。そう言ってしまうのは必ずしも正確ではないだろう。人を非現実感に誘うのではない。そうではなしに、人を、もう一つの〝現実〟に、——腐爛と汚濁にまみれ、すべてを混沌《こんとん》の無意味のなかに崩落させるあの——〝カオスの現実〟にと誘うのである。

看護婦の仕事というのは、つまるところ腐爛が進行し、汚濁がひろがって、ものみなすべてが一気に、無意味なカオスになだれ込みそうになるのを、かろうじて「秩序」の縁に押しとどめようとする作業といっていいかもしれない。

これほどまでに濃密な血臭、生々しいまでの腐爛臭は、看護婦のそうした営為を嘲笑《ちょうしょう》しているかのようだ。腐爛臭と血臭がないまぜになった悪臭、それもこんなにも凄《すさ》まじい悪臭は、はっきりと「悪意」そのものと言っていい。

――すべては徒労ではないか、すべておまえたちのすることには意味がない。

とあざ笑っている。

風はあまりに冷たいではないか。

全山を覆う、このものみな腐爛しつつある臭い、血なまぐさい臭いには、たじろがざるをえないではないか。

が、理恵の膝《ひざ》が震えているのは、風が冷たいからでも、血なまぐさい臭いにたじろいでいるからでもない。

ただ、単純に、〝ルシファー〟のことが恐ろしいからにすぎない。恐ろしくて恐ろしくてならないからにすぎない……この恐怖感を克服しなければ、とうてい看護婦としてまともに働くことは望めないだろう。

第一、なにをそんなに恐れることがあるというのか。――墜落の衝撃で三人の人間の頭部が一人の人間の体に突っ込んでしまった……どんなに怪物めいてグロテスクに見えようが、要するに、ただそれだけのことにすぎない。

ここまで極端ではないにしても、似たような例は、以前、列車衝突事故の現場でも見たことがある。あのときにも向かいあわせの座席にすわっていた二人の人間の体が衝突したときの衝撃でひとりになってしまった。

あのときのことを思い出せば、今回のことにしても、なにもこうまで恐れる必要はないことだろう。

——そうではないか。

と自問し、そうではないのだ、と胸のなかでそれを否定する。

そうではない。今回の航空機の墜落事故と、前回の列車の衝突事故とでは、もちろん、その犠牲者の数において、比べものにもならないが、そればかりではなしに、この航空機事故はこれまでの事故とは何かが決定的といっていいほどに違っているようなのである。

何がそれほど違うのか。——死んだ人間が動きまわっている……ちぎれた腕、ちぎれた足などの部分遺体が這いずりまわっている……頭だけ、胴体だけの離断遺体が転げまわっている……要するに、死体が動きまわり、這いずりまわり、転げまわって、人を襲っている。

なるほど、たしかに、これほどまでに決定的な違いはないだろう。これまで、こんな事故は、どんな人間も体験したことがないのにちがいない。原因はわからないし、多分、あまりに人間の理解の範囲を超えたことでありすぎて、永遠に原因が究明されることはないのではないか、という気にもさせられる。

が、理恵が、今回のこの事故を、これまでの事故とは何かが決定的に異なる、とそう感じるのは、たんに犠牲者の数が破格に多いからでも、死んだ人間が動きまわっているからでもない。そうではないのだ。

何と言ったらいいか、理恵にもうまく表現することができないのだが、この世界には、どこかに目に見えない〝天秤《てんびん》〟のようなものがあって、善と悪とが、あるいは秩序と混沌とが、その秤《はかり》に計られ、危うくバランスを取っているように感じられるのだ。

多分、看護婦の仕事というのは、善、と言い切ってしまうのは面《おも》はゆいにしても、少なくとも、秩序、の側に立って、その〝天秤〟のバランスを保とうとしているところにあるのではないか。

ところが、今回の事故は、もう一方の天秤皿に、巨大な〝混沌〟が乗せられることで、一気にそのバランスが崩されようとしているかのようなのだ。一方に、多少の〝秩序〟を加えたところで、とうていバランスを保つことなどできるものではない。

理恵にはそのことが恐ろしい。

看護婦という仕事は、あまりといえばあまりの激務の連続であって、その過酷な現実をまえにしては、奉仕、献身、などという言葉は、ほとんどおざなりのきれいごとにしか聞こえない。

が、看護婦たちが、そのことを実際に口にするとしないとに拘わらず、じつは彼女たちの仕事は、やはり、その根幹を奉仕と献身とに支えられているのであって、それが失われたときには、すべてが〝混沌〟のなかに潰《つい》えることになるだろう。

今回の事故では、その奉仕と献身の精神さえもが奪われようとしている。そのことをひしひしと痛いほどに感じる。圧倒的に巨大なカオスが雪崩《なだれ》のように落ちかかってきて、すべての秩序が根こそぎにされようとしているのだ。

それは、理恵たち看護婦にとって、自分たちの存在理由を否定されるのにも等しいことでもあって、その混乱《カオス》の果てに、どんなものが待ちかまえているか、そのことを想像するだに恐ろしい。

もっとも理恵がそこまで理詰めに自分の恐怖のことを分析しているわけではないが。

この世に看護婦ほど生死の微妙なあわいを生きている人間はいない。彼女たちのように、つねに生死を凝視しつづけるのを強いられれば、いやでもこの世のことわりに通暁せずにはいられない。

看護婦たちは、誰もそのことを口にしようとしないし、ほとんど意識すらしていないかもしれないが、自分たちがカオスに抗して、秩序の側に立つ人間であること、それもおそらく最後の人間であることは、理屈ではなしに肌で知り抜いている。

日本の看護婦たちは、どんなに凄まじい修羅場にあっても、それこそ超人的なまでに、がんばって、がんばって、がんばり抜いてしまう、と言われる。そのことはこれまでに何度も実例が報告されていることなのだ。

他の先進諸国に比べ、決して恵まれているとはいえない労働条件のなかにあって、彼女たちをして、そこまでがんばらせるのは、いったい何なのか。自分たちは「秩序」の最後の砦《とりで》なのだという無意識の自覚にこそ、その根拠は求められるべきではないか。だとしたら、悲惨で凄絶な事故遺体が動きまわって人間を襲う、という、この極限状況とも言っていい秩序の混乱は、彼女たちをして本能的に奮い立たせずにはおかないのではないだろうか。

水島理恵もまた、そうした看護婦の一人であって、というか、もっとも優れた看護婦の一人であって、そうである以上、どんなに怖くても怖くない。怖がってなどいられない。

それでも、〝ルシファー〟のまえに足をとめて、

「言いたいことがあったら言いなさいよ。聞いてやるからさ――」

そう言い放った声は、残念ながら、わずかに震えているようではあったのだが。

「その子はわれわれのナビゲーターなのだ……われわれにはその子が絶対に必要なのだ……われわれが帰還するためには何としてもその子が要るのだ……」

と〝ルシファー〟が言う。

6

闇のなかのどこか、渦巻きのように層をなして狭まるその中心、異次元につながる目に見えない通路のようなそこ、を、伝声管のように伝わってきて、陰にこもって震わせながら、〝ルシファー〟の口を藉り、あるいは、おそらく救急車に残っている遠藤志保の口をも藉りて、そいつが、どこか遥かに遠い異次元の闇のなかから、メッセージを送り込んでくるのだ。

そいつが人間でないのはもちろんだが、もしかしたら個体ですらないのかもしれない。個体だとしても、ポリプのようにそれが無数により集まって、一つの群体を成しているのではないか。

もちろん根拠のある推測ではない。根拠はないが、その声にはどこか何重にもぶれているような印象があり、なにか数えきれないものが〝ルシファー〟という一点に収斂《しゅうれん》しているかのように感じられるのだ。無数のものが一つになってせめぎあっているかのような錯《さく》綜《そう》した響きが感じられる。

もっとも人間でもなければ個体でもないとして、それでは、一体、そいつは何なのか、と問われれば、理恵には答えようのないことなのだが。

「その子をわれわれに渡せ……その子はわれわれにとって必要な存在なのだ……その子をわれわれによこせ……」

そいつは執拗《しつよう》にそう呼びかけてくる。その声には、奇妙にあらがい難い、なにか強靭な力のようなものがあるようだ。吸引力、あるいは粘着力とでも言えばいいか。異常に勁《つよ》いものを感じさせる。どうかすると、その声にあらがうのに、なにか罪悪感に近いものさえ覚えるようであるのだ。

もちろん理恵はそれにあらがう。何としてもあらがわなければならない。

丸山班の主任としても、ひとりの看護婦としても、そいつの言いなりになるわけにはいかないのだ。

理恵は、ともすれば萎《な》えそうになる気力を懸命に奮い起こして、

「あの子はもう死んでいるのよ。どうして死んだ子供を渡さなければならないの。あの子は不幸にも航空機の事故で亡くなった。でも、あの子にも家族がいる。身内がいる。あの

子の亡骸《なきがら》はその人たちに渡さなければならない。それがわたしたちの仕事でもあるのよ。あなたが誰だかは知らない。だけど、あなたが誰であろうと、あの子を渡すわけにはいかない——」

「死んでいる?……」

と〃ルシファー〃が言う。

多分、〃ルシファー〃のことを必要以上に擬人化して考えるのは愚かしいことなのだろうが、一瞬、その声にいぶかしげな響きがあったのは事実として否めない。

「死んでいるとはどういうことなのか。生きているというのはどういうことなのか。おまえたちにとって、生きているといい、死んでいる、というのが、それほど重要な違いであるのか。その二つのどこがどう違うというのか」

生きているのと死んでいるのとはどこがどう違うのか?……そんなことはあらためて考えたこともない。一瞬、理恵は自分が返事につまるのを覚えた。

そして返事につまることで自分の拠《よ》って立つ地盤のようなものが脆《もろ》くも崩れ去るのを覚えた。このとき理恵は、わずかにではあるが、よろめいたといっていい。

もちろん、実際に、よろめいたわけではない。そんなことはありえない。が、このとき、たしかに理恵は精神的な意味あいにおいてよろめいたのである。

そして、それが後になって、どんな意味を持つことになるか、このときにはそのことに気がつきもしなかったのであるが。

――生きているのと死んでいるのとはどこがどう違うのか……

この闇の底に、なにか底知れない混迷のようなものが渦巻いていて、その漆黒のカオスの力にグイと自分が引き込まれそうになるのを感じた。かろうじて踏みとどまりはしたが、このときの理恵は、自分が一本の葦のように頼りなげに揺らいでいるのを、まざまざと感じていたのだった。

そいつが何であるのかはわからない。が、どうやら、そいつと、人間とでは、生死の概念が大きく異なっているようである。というか、無残な遺体が動きまわって人間を襲っているのを思うと、そして、それがどうもそいつの意志であるらしいことを思いあわせると、そもそもそいつには生死の概念などというものはないのかもしれない。

生きているのと死んでいるのとはどこがどう違うのか……そんな相手にどうやってそれを伝えればいいというのか。

「人間にとって、生きているのがすべてということだわ。死んでしまった者には何も残らない……」

理恵はそう言ったが、自分の耳にも、その声はいかにも頼りなげに、自信なさげなものに聞こえた。

生きているのがすべてであり、死んでしまった者には何も残されない……ほんとうにそう言い切ってしまっていいものだろうか。自分で言っておきながら理恵にはそのことが疑問だった。人間の生死とはそれほど単純なものなのか。

「そのとおりだわ——」

が、そのとき思いがけないことに、それまで沈黙を保っていた益美が、こう口を挟んだのだった。理恵とは異なり、確信に満ちた、いかにも歯切れのいい口調だった。

「死んでしまったら恋もできない。美味《おい》しいものだって食べられない」

が、そいつには益美を相手にするつもりなどないようだ。益美を無視して——というか、もともと、そいつとの間には、通常の意味での対話が成立しているわけではないのかもしれないのだが——、ゴボゴボとくぐもった声で言う、

「おまえたちの概念によれば、生と死は截然《せつぜん》として異なるものであるらしい。それなのに、おまえたちは必ず死んでしまう。生がすべてであり、死が何も残さないのだとしたら、つまるところ、おまえたちの生には何もないと言っていいのではないか。おまえたちはいずれ死ぬことによってすべてを失わざるをえないのだから——」

「…………」

「おまえたちの生死には何の意味もない。生きているのが無意味なら、死ぬことにはなおさら意味がないだろう。おまえ自身がそう言ったではないか。それなのに、おまえはわれわれに死んだ子供を渡そうとはしない。おまえの論旨から言えば死んだ子供には何の意味もないはずなのに。それは、なぜなのだ――」

「……………」

「おまえの言ってることとやってることとの間には矛盾がある。おまえは〝死〟には何の意味もないと認めている。それなのに、まるで〝死〟には何らかの意味があるかのように振るまっている。本当に〝死〟を無意味なものと考えているなら、死んだ子供をわれわれに渡すのをためらったりはしないだろう。そうではないか」

「……………」

理恵は何も答えることができない。むしろ恐ろしくて何も答えることができないと言ったほうがいいか。

何がそんなに恐ろしいのか。三面一体の〝ルシファー〟も恐ろしいにはちがいないが、それ以上に恐ろしいのは、その〝ルシファー〟の口を藉りて、どこか遠い異次元にとぐろを巻きつつ、声を発している異形のものたちなのだ。爪《つめ》を研いで、牙を剝《む》いて、人間たちのことをせせら笑っているであろうそいつのことが無性に恐ろしい。

そいつの存在を想像するだけで、気力が萎えて、体のうちに潮のように無力感が満ちるのを覚える。どうしてだろう。応答するだけの意思が根こそぎ奪われてしまうのだ。

「われわれは〝死の王国〟の支配者なのだ。われわれにとって〝死〟ほど意味があるものはない。見るがいい。われわれの手になる死者たちがどれほどいきいきとしていることか。おまえたちはただたんに〝死〟を浪費するだけのことだ。われわれは〝死〟を利用する」

「…………」

「いずれ、おまえたちの誰もがわれわれに出会うことになる。われわれの〝死の王国〟に迎え入れられることになる。要するに早いか遅いかの違いだけのことではないか。すべてはいずれ永遠の闇にのまれて消滅することになる。すべては腐ってバクテリアに分解されることになるのだ。そうなのだとしたら、人間よ、何のためなのか。どうして死んだ子供をわれわれに渡そうとしないのか」

「…………」

「その子をわれわれに渡せ……その子はわれわれにとって必要な存在なのだ……その子をわれわれによこせ……」

「…………」

「なにを悔やむ必要があろう。なにを迷う必要があろう。なにをわれわれにあらがう必要があるのか。しょせんは無駄なことではないか。すべては〝死の王国〟に落ちていくさだめにあるのではないか。なにを好んでそんなにもがくのか。なにを好んでそんなに苦しむのか」

「…………」

「われは〝死と腐敗の王〟――究極の支配者にして究極の勝利者……われに額《ぬか》ずけ。われに慈悲を乞《こ》え。而《しこう》してのちに、人間よ、絶望せよ」

「…………」

「われは予言者なり。われは予言する。おまえたちの誰もが、われらの〝死の王国〟に迎え入れられ、われのしもべにならんことを。おまえたちのいとなみのすべてが無に終わらんことを。心するがいい。人間よ、**おまえたちは絶望に育まれ、虚無のうちに滅びる。おまえたちの存在には何の意味もない！**」

ふいに〝ルシファー〟が何かが弾けたように笑い出した。

あの、

ワアアアホホホホアハフ……

という笑い声だ。

その三つの頭が、あるいは肩にグラグラと揺れ、あるいは胸郭の皮膚を透かして赤い口を覗《のぞ》かせながら、ただひたすら笑いつづけている。

その笑い声が高まるにつれ、理恵はいっそう自分のうちに無力感がつのっていくのを覚えた。いまにも、その場にへたり込んでしまいそうになったほどだ。いつもタフで、感情に溺《おぼ》れることを潔しとしない理恵には、きわめてめずらしいことだった。

〝ルシファー〟は理恵に背中を見せるとゆっくり遠ざかっていった。やがてヘッドライトの明かりから外れたが、それでもその笑い声だけは途切れずに聞こえていた。いつまでも聞こえていた。

〝ルシファー〟の笑い声につれて、暗闇のそこかしこに、なにかが跳梁《ちょうりょう》し、這い、うねり、転がった。暗闇そのものがざわざわとうごめいていた……

理恵は放心していた。自分が恐ろしいものに、あまりに恐ろしいものに遭遇したのを実感していた。あんなものと出くわしたあとで、はたして自分は立ち直ることができるだろうか。

いつまでも立ちすくんでいる理恵のことを懸念したのだろう。なにか遠慮がちに気遣うような声で、軍曹、と益美が声をかけてきた。

理恵は益美のことを振り返り、

「軍曹じゃない。主任——」

反射的にそう言って、空を仰いだ。

空はただ暗い。その暗い空をジッと見つめた。そうとは意識せずに星を捜していた。そして、

——どんなに暗い夜空にも人間は星を捜さずにはいられない生き物なのだ……

理恵はそう思った。

また益美のことを振り返って、

「何度言ったらわかるんだ。軍曹じゃない、主任——」

今度はやや声に力をこめて言った。

益美の表情がパッと明るくなったのを見て、自分の声がいつもの調子に戻ったことを確認した。そして、そのことに理恵自身が力づけられる思いがした。

そう、人間とはどんなに暗い夜空にも星を捜さずにはいられない生き物なのだ。そういう生き物である以上、そういう生き物としての〝生〟を最期までまっとうするほかはないだろう。

第三部　発端

1

……山の二合目あたりのところに公民館がある。

公民館とはいっても、もともとは小学校だった建物で、過疎で、子供が少なくなって閉鎖にいたり、その後、公民館に転用されることになった。見るからに安普請ではあるが、建坪だけはある。

以前の校庭がいまは駐車場になっている。その駐車場に何台もの車が放置されている。放置されている、というのは、そこに駐《と》まっている車が一台としてまともな状態のものがないからである。

焼け焦げになっているものがある。ほかの車の横腹に突っ込んで二台もろとも大破しているものもある。一台などは——こともあろうに県警のパトカーであったが——完全に腹を見せて裏返しになっていた。

暴動でもあったのだろうか。しかし、それにしては、駐車場に、生きて動いている人影が一つもないのは不自然ではないか。

麓から電線が引かれ、電信柱に、真新しい照明器具が装着されている。照明器具は、風にゆらゆらと揺れ、その明かりが人魂《ひとだま》のように右に奔《はし》り、左に跳びしているのだが、そこに照らし出される光景は惨憺《さんたん》たるものだと言っていい。

ここで何があったのだろう。いたるところ、血、血、血、血、ばかりではないか。それもバケツに何杯も汲んで、あちこちにぶちまけたような、おびただしい量の血なのだ。血の泥濘《でいねい》、とでも言えばいいか。

赤黒いずくずくの泥地に、耳が、指が、舌が、鼻が、歯が、唇が、髪の毛のこびりついた頭皮が、点々と散らばっている。血に浮かんでいる。

そこかしこに、ひからびた糞便《ふんべん》の山が盛り上がり、蝿《はえ》の群れがブンブンと凶暴な翰音《はねおと》をたてている。凄まじい悪臭だ。

何があったのかと問うのもはばかられるほどだ。なにしろ駐車場の全域にわたってそんな有り様なのだから。

……公民館は全体として暗いが、ただ一カ所、かつて小学校の講堂であったそこだけは、皓々《こうこう》と明かりが洩《も》れている。

二階吹き抜けの講堂は、天窓がわずかに開いていて、そこからもうもうと白い煙のようなものが流れ出している。

一瞬、火事かとも思うのだが、そうではない。

その白い煙のようなものは、蛆《うじ》を駆除するための噴霧剤であり、また線香の煙でもあるようだ。

講堂のなかにもやはりもうもうと蛆殺しの噴霧剤がたちこめている。ときおり、シュッ、シュッ、というような音が聞こえ、一瞬、ほんの一瞬ではあるが、清冽《せいれつ》な香りがかすめるのは、誰かが、芳香剤を撒《ま》いているからだろう。

その、蛆殺しの噴霧剤に、線香の煙、芳香剤がたちこめるなか、何人もの人影がうごめいていた。

そして――ふいに、バン、というような炸裂音《さくれつおん》がとどろいて、たちこめる噴霧剤のなかに、閃光《せんこう》がひらめいた。

「心拍数一分あたりゼロ――」

と男の声が聞こえて、

「周期はどうだ」

べつの男の声がそれにつづいた。「安定してるか」

「だから心拍数一分あたりゼロなんだって。安定してるといえばしてるだろうさ」男はクスクスと笑って言う。

「よし、もう一度、試してみよう」

べつの男がそう言う。その声はどこか弛緩《しかん》して緊張感を欠いていた。

講堂の真ん中に机が幾つも並べて置かれてある。そのうえに遺体が仰向《あおむ》けに横たわっている。遺体には首がない。いや、そうではない。こともあろうに首が胴にめり込んでしまっているのだ。

本来なら、首のある部分に、鉢植えのように髪の毛がボワボワとひろがっている。頭部がめり込んで上胸部分が瘤《こぶ》のように膨れあがっていた。

男だろうか女だろうか。下半身は真っ黒に焼け焦げて性器の確認ができない。そんなふうに、上胸部分が瘤のように膨れあがってしまっているのでは、乳房が膨らんでいるかどうかも確かめようがない。要するに、男でもなければ女でもなく、たんなる遺体としか言いようがない。

机の周囲には、心電計、脳波計、点滴のスタンドなどが並べられているが、いかにも即製の手術室といった感じで、どこか寒々とした印象があるのは否めない。

心電計、脳波計のオシロスコープが、ピッ、ピッ、と音をたてて、フラットな線を描いていた。

「心拍なし、フラット――」

と一人が言い、

「ベータ波、アルファ波なし、フラット」

ともう一人が応じる。

要するに、鼓動もなければ、脳に電気的な信号もないというわけだ。当然だろう。そもそも頭部が胴体にめり込んでしまっているような遺体の脳波を確認しようというそのこと自体がすでにおかしい。

もっとも、おかしいのも当然かもしれない。遺体を検視している彼らはじつは医師ではない。

航空会社の職員が一人、身元確認業務の警察官たちが数人、それに地元の寺の僧侶《そうりょ》が一人――

検視担当の警察官たちさえ、一人もいないというのに、彼らはここで何をしているのだろう。何もしていない。強いていえば医療行為の真似事をしているとしか言いようがない。

彼らの目はおしなべて虚《うつ》ろで、その動きもいかにも大儀そうにノロノロとしている。僧侶の読経の声も聞こえているが、その抑揚がまるで歌でも唄《うた》っているかのようで、明らかに常軌を逸している。

……航空機事故の遺体たちが一斉に襲いかかってきたのはつい二時間ばかりまえのことだ。何人もの警察官、医師たちが喰われ、バラバラにされて、捨てられた。駐車場にいまもありありと刻まれた惨状がそのときの凄まじさを如実に物語っているだろう。

幸いなことに生き残った医師、警察官たちも、あまりのことに、ほぼ全員が逃げ出してしまった。ここに残っている男たちは、逃げ遅れたというより、あまりの恐怖に精神を失調させ、逃げる気力さえ失ってしまったと言ったほうがいいだろう。

それにしても、総勢五百人にも及ぶ、警察官、機動隊員、自衛隊員、医師団たちが、どうしてこうもあっけなく総崩れになってしまったものか。

たしかに巨大なジャンボ機の墜落の衝撃の凄まじさには、想像を絶するものがあり、その遺体の大半が部分遺体であり、離断遺体にならざるをえない。どういうわけか、それが動いて、襲いかかってくるという恐ろしさ、おぞましさは、他にたとえようもない。

が、あえて言えば、それはただそれだけのことであり、これだけの人数が、冷静に対処し、対策に当たれば、何もこれほどの惨状を呈することはなかったはずではないか。

警察官が、機動隊員が、自衛官が、医師たちが、一斉に悲鳴をあげ、なだれをうって逃げ出すという状況は、あまりといえばあまりにだらしない。不意を襲われた、ということを割り引いて考えても、その当事者能力のなさ、責任能力の欠如には、目を覆いたくなるものがあると言っていいだろう。

思うに、人間の残骸《ざんがい》、ともいうべき部分遺体、離断遺体が襲いかかってくるという状況には、なにか人間の原初的な恐怖を蘇らせるものがあるようだ。理屈ではない。襲われた人間は、一瞬のうちに、理性を喪失させ、数十万年まえの、ひたすら闇に震えるばかりだった原始人の心性に戻ってしまう。あとはなだれをうって逃げ出すしかない。そういうことではないか。

いま、ここに残っている男たちは、あまりのことに逃げ出すことさえできなかった。逃げ出すまえに、気力が萎《な》えてしまい、とめどもない放心状態におちいった。現実に直面することができずに、考えることを放棄してしまった。要するに人間の脱け殻になってしまったのだ……

2

男たちの一人がまた蛆《うじ》殺しの噴霧剤を撒《ま》いた。

鼻唄混じりの気楽さで(そのこと自体がすでにもうおかしいのだが)、噴霧器を振り回し、もうもうと噴霧剤をまき散らす。

が、どんなに噴霧剤を撒いたところで、蛆を殲滅《せんめつ》することなどできっこない。蛆は無数に、遺体の傷口に盛りあがり、ポロポロと床のビニールシートに落ちて、そこかしこに群れをなして這う。この講堂はいたるところ蛆だらけなのだ。

何台もの扇風機が回っている。遺体洗浄用のバケツが幾つも置かれている。消毒液の揮発臭がツンと鼻を刺す……

が、何をやったところで、蛆を殲滅することはできない。そんなことは、はなからあきらめたほうがいい。そもそもが無駄な行為なのだ。蛆は、この世の究極の勝利者であり、どんなものも彼らの貪欲《どんよく》な咀嚼《そしやく》からまぬがれることはできないのだから――

南無阿弥陀仏……南無阿弥陀仏……南無　阿弥陀仏……

読経《どきよう》の声が聞こえているが、これも残念ながら、非常にありがたい、とは言いがたいようだ。ただ、抑揚を欠いて単調に流れるばかりで、多分、そのお経を聞いたところで、誰も救われる者はいないだろう。

お経を唱えているのは、まだ若い僧侶だ。二十代の後半、三十には届いていないだろう。

講堂の隅に立って、目を閉じ、数珠《じゅず》を繰《く》って、一心不乱に読経している。太い眉《まゆ》に、えらが張って、黒縁の眼鏡をかけている。――その、どちらかというと濃い顔だちは、俗っぽいとまではいかないにしても、やや聖職者のありがたみに欠けるところがあるようだ。

お盆の季節になると、スクーターにまたがり、衣《ころも》の裾《すそ》をひるがえし、一日に十軒も二十軒も檀家《だんか》をまわって、せこく稼ぐ……そういう、日本の僧に見られる、ある種の一典型といえばいいだろうか。

いや、そう言ってしまうと、この若い僧にはいささか酷かもしれない。誰に頼まれたわけでもないのに、墨染めの衣をまとい、この現地本部まで足を運んできて、ひたすら阿弥陀教を唱えているのだ。その信仰心と善意は疑いようがない。

ひたすら菩提《ぼだい》の冥福《めいふく》を祈る。阿弥陀仏《あみだぶつ》の名を唱え、その慈悲を乞《こ》う。さすれば極楽往生間違いなし、と教えを説く。しかし……

残念ながら、それは嘘なのだ。いや、嘘というのが、言葉が過ぎるというなら、無力と言いかえてもいい。

読経が無力だということは、誰よりもその僧自身がいちばんよく承知していることにちがいない。その虚ろな目、とりとめのない表情は、すでに自分のしていることを無意味だと覚っている者のそれだ。すでにして自分の敗北を知っている者のそれではないか。

うごめく手足、転がる首、腹を蠕動《ぜんどう》させつつ這う胴体……そうしたものどもを相手に、阿弥陀教にどれほどの力があるというのか。いや、それが般若心経《はんにゃしんぎょう》であろうと、大無量寿経《だいむりょうじゅきょう》であろうと、無力であることには何の変わりもないだろう。

人みな希望を捨てよ。読経では誰も救うことはできない。誰も極楽往生させることはできない……

が、いまさら誰も僧を咎《とが》めだてする人間はいない。いまさら誰もあえてそれを制止しようとする人間はいない。端的に言って、僧侶は、ただたんに、誰からもその存在を忘れられているにすぎない。だから、やめるきっかけも摑《つか》めないままに、虚ろな思いを抱いて、いつまでも阿弥陀経を唱えつづけるほかはないのだろう。要するに、ただ、それだけのことにすぎない。

南無阿弥陀仏……南無阿弥陀仏……

その読経の声より、さらに単調で、疲れ切った声が聞こえてきて、

「心拍ゼロ……脳波もない……どうにもなんねえよ。死んでるんじゃないの」

と、いかにも投げやりな調子で言う。

そう、たしかに死んでいる。そのことに間違いはない。なにしろ、その頭部が完全に胴体にめり込んでしまっているのだ。この世に、これ以上、完璧に死んでいる遺体もないのではないか。

が、彼らはすでに常軌を逸していて、現実との接触を失ってしまっている。というか現実そのものがすでにないというべきか。

あまりにおぞましいことがつづいて、いまや「現実」は形骸化《けいがいか》しているのだが、彼らはそのことを直視できずにいる。そのことを認めるのが嫌さに、かつての「現実」がまだ意味があるかのように振るまいつづけているのだった。

彼らのやっていることは、しょせん医療行為の真似事にすぎないわけなのだが、無意味だとわかっていても、その行為にしがみつかざるをえない。それを放棄すれば、いやでも「現実」に直面せざるをえない。死体が動きまわっているという「現実」に。

人はそんなにもおぞましく不条理な「現実」に耐えられるものだろうか。耐えられるはずがない。人は、いや、彼らは、そのことに耐えるだけの勁《つよ》さを欠いている。その弱さが、彼らをして、こうまで虚ろな行為に駆りたてているのだろう。

彼らもまたある意味では動いている死体というべきなのだ。彼らの空っぽな魂は、夢ともうつつともつかぬ世界を、ただ虚ろにさまよっているだけのことなのだから。

「除細動器を使おう……」

と、男がそう言い、除細動器のパッドを遺体の胸に当てる。

この男も自分が何をやろうとしているのか、それを本当に理解しているとは言えない。要するに、ただ固定観念にとり憑《つ》かれ、医療の真似事をしているにすぎない。生きているゾンビなのだ。

男は除細動器のパッドを、慎重に遺体の胸にあてがってやり、「準備よし」と物憂げな声でそう言う。

そのとき、どこかから何人もの人間の入り乱れて走るような靴音が聞こえてきた。誰かが気ぜわしげに何かを話している。何を話しているのかはよく聞きとれない。

「…………」

男は、パッドを遺体の胸に当てたまま、ぼんやりと声のするほうに目を向けた。が、蛆殺しの噴霧剤がたちこめるなか、線香の煙がたなびいて、いかにも見通しが悪い。悪すぎる。それでも近くにいる人間の姿は、かろうじて影として視認することができるのだが、すこし離れるともう何がなんだかわからない。

男はゆっくりと首を振り、何なんだろう、誰なんだろう、と気だるげに呟《つぶや》いたが、すぐに、どうでもいい、と思ったらしく、その顔を相棒に向けると、「いいぞ」と言う。

パッドに電流が流れ、遺体が机のうえで跳ねあがると、鞭《むち》を振るうような、バン、という音が鳴りわたった。

そのとき、その電気音に重なって、どこか講堂の離れたところから、そんなことをしてはいけない、と叫ぶ若い女の声が聞こえてきたような気がしたのだったが。

3

脳電図も心電図もあいかわらずフラットのままだ。どんなパルスも表示されない。

要するに遺体は遺体だ。何をやったところで首が胴にめり込んだ遺体が生き返るはずがない。

が、彼らはそうは思わない。すでに合理的に冷静に判断するだけの理性を失ってしまっている。

「もう一度やってみようか」

と相棒が言い、

「そうだな——」

と男は頷《うなず》いたが、なにか気がかりなことがあるらしく、両手にパッドを持ったまま、ぼんやりと立ちつくしている。たちこめる噴霧剤を見透かそうとするかのように、ひたいに皺《しわ》を寄せ、その目を狭め、ジッとそこを見つめている。が、結局、何も見出《みいだ》すことができなかったようで、相棒のほうに視線を戻すと、

「だれか何か言ったような気がするんだけどな。あんた気がつかなかったか」

相棒は、いや、と首を横に振って、そっけない口調で、気がつかなかったな、とそう言い、「早くやっちまおうぜ」と男をうながした。

「ああ」

男はまた頷いて、両手に、除細動器のプラス極とマイナス極のパッドを掴んで、それを慎重に遺体の胸に当てようとした。

そのときのことだ。遺体が動いたのだった。たんに、どこかの付随意筋が反射運動を起こしただけかもしれない。ピクン、と痙攣《けいれん》した。ひきつるように右腕が内側にねじれた。死にかけたクモが足を丸めるようにその指がゆっくりと閉じる……

男は驚いて、相棒のほうを向いて、おい、と言った。

が、それ以上、言葉をつづけることはできなかった。その場に凍りついたようになってしまった。

遺体の胴体にめり込んでいる頭部がわずかに動いたのだ。どこからか、おい、という声

が（グロテスクに男の声が模倣されて）聞こえてきた。どこからか？　いや、そうではない。それは胴体に埋まった頭部から聞こえてくるのだ。ゴボゴボ、という笑い声が聞こえてきて、肩部からじかに出ている髪の毛が波うって、そこからおびただしい蛆《うじ》がドッと床にこぼれ落ちた……

「――――」

男の顔が歪《ゆが》んだ。一瞬、その歪んだ顔に理性がきざした。自分がいかに愚かしいことをしているか、この「現実」が、その愚かしい自分よりも、さらに何倍にも愚かしく、いかに不条理なものであるか、そのことをはっきり思いだした顔だった。

男は後ずさった。逃げようとした。が、遅かった。遺体がビニールシートのうえにムクリと上半身を起こした。顔がないのに男のことを凝視した。男はそれに射すくめられたかのように逃げることができなくなってしまった。臆病《おくびょう》な小犬のように泣きながら足ズリをしていた。

鉤のように曲がった両手が男の首に食い込んだ。無造作に、まったく無造作に、男の頸《けい》骨《こっ》をポキンと音をたてて外した。二度、三度、ねじった。男は悲鳴をあげた。首がもぎ取られた。それでも悲鳴はつづいた。喉頭《こうとう》があらわになった。声帯ヒダが激しく振動していた。声帯ヒダが振動するたびに血が噴水のように八方に飛び散った。

すぐに悲鳴はやんだ。男の両手から除細動器のパッドが落ちた。床に転がって音をたてた。

　遺体はゴボゴボと笑った。男の首を放り出した。首はお経をあげている僧侶《そうりょ》の足元まで転がった。それでも僧侶は読経《どきょう》をやめなかった。わずかにその声がうわずったようだ。それでもやはり阿弥陀経《あみだきょう》を唱えつづけていた。

　また遺体はゴボゴボと笑った。右手を頭上にかざした。その指がうごめいて、しきりに何かを捜しているようだった。パワーショベルのように機械的に下がった。ぐいと自分の髪の毛を摑んだ。そしてズルズルと頭部を引きずりあげた。

　頭部？　いや、それは頭とも顔とも何ともつかないものだった。赤黒くミミズがのたくったような腐肉のかたまりにぬらぬらと黄色い膿汁《のうじゅう》がしたたっていた。そのいたるところに丸々と肥《ふと》った蛆が這いずりまわっていた。

　遺体の両手がその〝顔〟のひたいの生え際にかかった。そこに顔の皮膚がブラインドのようにまくれあがっていた。皮膚を〝顔〟の輪郭にそって慎重に下ろした。顎《あご》のあたりで皮膚は裂けた。ありていに言って、それは〝顔〟のパロディのようなものでしかなかったが、それでも何とかもどきにはなったようだ。

〝顔〟の皮膚がゆるやかに波うった。ゴボゴボゴボ……と笑い声が聞こえてきたところから察するに、どうもそれは笑いであったらしい。

遺体は机から床に下りた。ゆっくりと背筋を伸ばした。まわりを見まわした。そこかしこから悲鳴が聞こえてきたが、すでにその悲鳴にしてからが消え入るように弱々しい。

あまりのことに誰もが気力を喪失してしまったかのようだ。抵抗するのはおろか、逃げるだけの意思さえ残されていない。

もっとも、ここに残っているのは、「現実」を直視することができずに、徒労と呼ぶのも愚かしい、医療行為の真似事をつづけてきた男たちばかりなのだ。もともとが生命力にとぼしい。生きていながらすでにして死んでいるも同然の男たちだ。悲鳴をあげることができただけまだしもというべきか。

遺体は両腕を伸ばした。その手を鉤のように曲げた。ついさっき一人の男の首をもぎ取ったばかりの凄まじいほどの膂力《りよりよく》をひめた手だ。そのままの姿勢で読経をつづけている僧侶のほうに近づいていった。

僧侶は読経をやめようとはしない。南無阿弥陀仏……南無阿弥陀仏……。が、その声はすでに悲鳴のようにうわずっていた。目が引きつり、口の端には唾《つば》が泡だって、いまにも発狂せんばかりの表情になっていた。

遺体はゴボゴボと笑った。両手を僧侶のほうに伸ばした。その鉤のように曲がった指が僧侶の喉《のど》に触れそうになる。僧侶の目がさらに引きつる。読経の声がうわずってピアノ線のように震えた。


そのとき日本赤十字社・丸山班の看護婦たちが講堂に入ってきたのだ。かろうじて間にあったというべきか。そうともいえないか。

男たちが遺体を蘇生《そせい》（?・）させようとしているのを見て、理恵は「待って」と叫んで、それを制止しようとしたのだが、そのことにはついに間にあわなかったのだから。

4

「〃おっかさん〃、益美、智世——」

理恵の声が飛んだ。

こういうとき、つい数年まえまで、レディースを仕切っていた森村智世は思い切りがいい。その度胸のよさには定評があって、病院でもヤクザや、ヤクザまがいの患者を一手に引き受けているほどである。

このときにも、「はい、暴れない、暴れない。暴れていいことないよ。自分が怪我するでしょ」と陽気に叫んで、遺体の背中に飛びついていった。

それまで〝遺体〟は僧侶に向かいあっていたのだが、いきなり、その両腕を真横に開くと、独楽《こま》のように、くるり、と体を回転させたのだ。ブン、と風を切る音が聞こえたほどの全速回転だった。

生身の人間にはありえない動きだった。生身の人間であるかぎり、それがどんなに運動神経に恵まれていようと、あるいは格闘技に優れていようと、多少の防御本能が働いてしかるべきだろう。これほど無防備に、というか、力学的に無理な姿勢で、全力運動をとる人間はいない。

智世にしてみれば、いきなり太い丸太で、横なぐりにされたようなものだろう。側頭部を叩きつけられた。悲鳴をあげるいとまもない。ガン、という鈍い音とともに、世界が炸《さく》裂《れつ》し、赤い火花、青い火花が四方に散った。ああ、きれい、とそう思い、思ったときには意識を失っていた。

智世の側頭部に右腕を叩きつけたとき、その右腕が、関節とは逆方向に、肩から跳ねあがった。ボキッ、という嫌な音がした。関節が外れたのか、あるいは腕が折れたのか、どちらにしても無茶な話だ。すでに死んでいて自分の体に考慮を払う必要のない〝遺体〟ならではのことだったろう。

智世と入れ替わりのように今度は益美が〝遺体〟の背中に飛びついていった。

いま、智世が玉砕したのを目《ま》のあたりにしたばかりだというのに、益美が「はい、安静にしましょうね」と律儀にそう言ったのは、患者の体に手を触れるときには必ず声をかける、というセオリーにのっとってのことだったろう。生真面目な益美ならではのことであったにちがいない。

が、益美は、〝遺体〟の右腕が折れるか、その関節が外れるかしているのを、頭のなかに入れておくべきだった。そのことを計算に入れずに、やみくもに相手の背中に飛びついていったのは、いかにも不手際だったし不用意にすぎた。

〝遺体〟のぶらんと下がった右腕は、容易に益美の手をすり抜けたし、その膿《うみ》でぬるぬると濡《ぬ》れた背中に、彼女の手が滑りもした。それればかりか、こともあろうに〝遺体〟の背中の皮膚がべろりと剝がれてしまったのだ。あ、と益美は言った。そのまま、うつぶせに、ばたん、と床に倒れ込んでしまう。その手に〝遺体〟の皮膚を破れた壁紙のように握りしめていた。

〝遺体〟はゴボゴボと笑い声をあげた。右膝《みぎひざ》を胸に引きつける。益美の背中を踏みつけようとした。

〝遺体〟はすでに死んでいて、どんな凶暴な人間にも自然に備わっている暴力に対する忌避感が働かない。〝遺体〟にとって生きている人間はものも同じなのだ。その破壊衝動は徹底していて抑制がきかない。益美の背中から腹を一気に踏み抜いて動じることがないだろう。

そのとき〝遺体〟に〝おっかさん〟が飛びついていった。

〝おっかさん〟こと安田美佐子は人並み外れて体格がいい。いつもの彼女は集中治療室《ICU》に勤務しているが、それもその体格の良さをかわれてのことだ。

というのも集中治療室《ICU》に入れられ、絶対安静を強いられているうちに、人によっては一種の拘束ノイローゼに陥ってしまうのか、理性を失って暴れ出してしまう者がいる。

なにしろ理性を失っているうえに、被害者意識に凝りかたまっているから、そうした人たちの暴れっぷりは半端ではない。なまじな医者など吹っ飛ばされて怪我を負わされてしまうほどだ。

そうしたときに安田美佐子の体格がものをいう。彼女に背後からはがい締めにされれば、まず大抵の患者は身動きできなくなってしまう。そのうえで、べつの看護婦が鎮静剤でも注射すれば、それでもう、その患者はおとなしくなってしまう。治療スタッフも怪我をしないし患者自身も怪我をせずに済むわけなのだ。

じつのところ、美佐子は、すでに中学時代から、自分の体が大きいことにコンプレックスを抱いていた。

ただ、たんに背が高いだけならまだしも、美佐子の場合には、筋肉質なうえに、きわめて肩幅が広い。要するにがっしりしているわけなのだ。そのことが根強いコンプレックスになって、自分は女性としての魅力に欠けるとそう思い込んでいた。

看護婦という職業を選んだことで、思いがけず、その体格のよさが役だってくれたわけだが、だからといって、そのコンプレックスまでもが解消されたわけではない。結婚し、三人の子供を授かったいまも、自分の体が大きいことに肩身の狭い思いを持っていたし、つねにダイエットの情報を収集するのを怠ったことがない。

そんな美佐子ではあるが、丸山班の一員に加わって、婦長の丸山晴美からはもちろん、主任の水島理恵から〝おっかさん〟と呼ばれることにも、不思議に抵抗感は覚えなかった。婦長にせよ、主任にせよ、美佐子が体格がよくて腕力に恵まれていることを、純粋に能力の一つとして評価してくれているようで、そのきわめてビジネスライクなことが気持ちがいい。事実、看護婦の業務には、力仕事といっていいことが幾らでもあるのだ。

だから、この二人の上司にかぎっては、彼女たちから命ぜられ、自分の力を振るうことを、むしろ誇りにさえ感じていた。

このときがそうだった。

理恵に名前を呼ばれたが、智世や、益美ほどには迅速に動けない美佐子は、いつものように同僚二人にやや遅れをとった。が、その二人があっけなく粉砕されるのを見て、雄牛《ブル》のように奮い立ち、姿勢を低くして、頭から猛然と〝遺体〟に突っ込んでいったのだ。

〝遺体〟に激突した。

いましも益美の背中を踏み抜こうとしていた〝遺体〟は、そのために片足を上げていて、そのぶん姿勢の安定を欠いていた。

ベシャッ、と濡れた雑巾《ぞうきん》をたたき合わせるような音が鳴り響いた。

美佐子が〝遺体〟の腰に両手を回してしがみついたのだ。〝遺体〟は体勢を崩し、まえに倒れかかったが、美佐子は懸命に腕に力を入れ、〝遺体〟を放そうとしない。

美佐子と〝遺体〟とのぶつかりあいはかなりのものだったようだ。

黄色い膿が音をたてて美佐子の顔に飛び散った。膿には腐肉の断片も混じっていたようだ。悪臭などというような生易しいものではない。ほとんど殺人的といっていい腐臭にムッと顔面が覆われる。

一般の人間であったらこの臭《にお》いだけでも気力を萎《な》えさせてしまうだろう。が、看護婦という仕事は悪臭に慣れている。日常的に患者の糞便《ふんべん》と向かいあわなければならないのが看護婦という仕事なのだ。

　智世の口癖に「看護婦は臭いのを我慢してなんぼ——」という言葉がある。多少、自虐的ではあるが、言っていることに間違いはない。看護婦が汚いとか臭いなどということをいちいち気にしていたら仕事にならない。

〝遺体〟は背後の美佐子を振り放そうとして暴れに暴れた。両腕を振り回し、腰をねじって、美佐子を振りほどこうとする。腰にしがみついている美佐子に、膿と、細かい肉片が降りかかり、顔といわず上半身といわず、臭い液でべとべとになってしまう。

　その悪臭は凄《すさ》まじく、いかに看護婦が悪臭に慣れているからといっても、さすがに平静ではいられない。必死に耐えた。気が遠くなりそうなどころか、それこそ死にそうなほどの悪臭なのだ。ものには限度というものがあるだろうが、その限度をはるかにこえていた。

　美佐子は懸命に息をつめ、腕に力をこめて、手を離してはダメだ、絶対に振りほどかれてはならない、とただそれだけを一心に思いつめていた。

5

〝遺体〟は吼えた。

いや、吼《ほ》えたといっていいかどうか、〃遺体〃にはすでに喉《のど》はない、舌もない、だから吼えることなどできない道理ではないか。

それはそうなのだが、それでは、その〃喉〃をつんざいて炸裂《さくれつ》する空気の爆《は》ぜるような音は何と解したらいいのか。

うううるるるぅぅぁぅ

〃遺体〃は吼えながら猛烈に暴れまわる。机を薙《な》ぎたおし、バケツを蹴飛《けと》ばす。体格のいい美佐子がまるでスピッツさながらに振りまわされている。とんでもない力だ。

美佐子は、ほかの看護婦よりは、はるかに膂力《りょりょく》に優れているのだが、それでも〃遺体〃の腰にしがみついて放されないようにするのがやっとだ。

〃遺体〃は暴れながらじりじりと講堂を移動しつつある。両腕を振り回す。体を回転させる。これが本当に死んでしまったものの力なのか。そのエネルギーの持続力は底無しにタフといっていい。超高速で回転している独楽《こま》が周囲のものすべて薙ぎ倒して移動するのを連想させた。

美佐子は振り放されないように〃遺体〃の腰に懸命にしがみついている。これだけ翻弄《ほんろう》されながら、かろうじて振り放されずにとどまっているのも、美佐子の力が人に秀でているからであろう。が、〝遺体〟に引きずられずに踏みとどまるまではできない。〝遺体〟が移動するにつれ、美佐子も移動せざるをえないのだ。机を倒し、バケツを踏み潰《つぶ》し、照明スタンドを転がした。

「キャアア――」

と悲鳴が聞こえてきた。

いや、悲鳴ではない。少なくとも、それをあげている山瀬愛子本人としては、悲鳴のつもりはさらさらなかったろう。強いていえばおたけびか。

愛子は頭を低くし、おたけびをあげながら、〝遺体〟の正面から、その腰に向かって飛び込んでいったのだ。

これには美佐子も驚かされた。

山瀬愛子の勇気は多いに誉《ほ》められるべきだろう。なにしろ愛子は十九歳になったばかりの准看で、病院で重症患者が死亡するのを見ても慄《ふる》えあがるほどなのだ。ましてや相手は動きまわる死体なのである。その恐ろしさに見るだけで失神しても不思議はないはずではないか。

愛子としてはそれこそ必死の気力を振り絞って〝遺体〟に突進していったのにちがいな

い。が、どんなに愛子が、勇気があっても、突進した頭がずぶずぶと〃遺体〃の腹部に入ってしまったのでは、その、なけなしの勇気も底をついてしまったのにちがいない。

すでに〃遺体〃は死後硬直、乳酸増加という死のプロセスをこえ、諸組織の変性崩壊という段階にいたっていた。つまり腐りつつある。とりわけ内臓のある腹部は腐りやすいといっていいだろう。そこへ突っ込んでいったら、それは頭が腹部に入ってしまうのも当然ではないか。

猛烈な腐臭が愛子の顔を覆う。腐汁と膿汁《のうじゅう》がどろりと滴った。さらに、腹部を圧迫したことにより、胃壁か、腸壁に残っていた内容物が、真っ黒にタール状になって押し出された。この悪臭がまた凄まじい。

愛子のおたけびが今度こそ悲鳴に変わった。鳥が羽ばたくように両手をバタバタさせる。必死に〃遺体〃の腹部から頭を引き抜こうとする。スポン、と音をたてて、ようやく頭を引き抜いたが、勢いあまって、後ろざまに倒れ、床に尻餅《しりもち》をついた。そこでまた悲鳴を――というより、泣き声をあげた。

「わたし、もう、こんなのイヤ！」

愛子にかぎらず、こんなのが嫌なのは、それも嫌で嫌でならないのは、誰しも同じことだったろう。

何といっても愛子は不運だったに違いない。十九歳になったばかりの一介の准看にとって、動きまわる死体などというものはあまりに荷が重過ぎる。第一、そんなものの扱い方は看護学校でも教えてくれなかったではないか。

「こんなの、わたし、できなぁい。わたしなんかにはとても無理よ」

が、愛子がどう自己評価しようと、彼女のやったことは必ずしも無駄ではなかった。愛子が飛びかかったことによって、一瞬、〝遺体〟の動きが鈍った。

その、一瞬の間隙をついて、美佐子は、〝遺体〟の腰から両手を離し、すかさず羽交い締めに移ることができたのだった。

もちろん、〝遺体〟の右腕が折れるか関節が外れるかしているのは知っている。右腕を完璧に封じることはできない。したがってその羽交い締めも変形とでもいうべきものにならざるをえない。つまり――

左右の脇《わき》の下から回した腕を〝遺体〟の後頭部に交差させ、その頸部《けいぶ》をがっしりと押さえ込んだのだ。腐汁と膿液でぬるぬると滑りやすくなっているので後頭部に交差させる手をかんぬきのように頑丈に締めつけた。

そして美佐子は、

「ま、ま、麻酔――」

とほとんど悲鳴をあげるようにそう叫んだのだった。

局所麻酔は、麻酔医の仕事で、本来なら、看護婦が手出しすべきことではない。が、いまは、その肝心の麻酔医がどこにもいないわけだし、第一、麻酔を射つべき相手はすでに死んでいて、治療すべき患者さえいない。臨機応変というか、この際、看護婦が局所麻酔を引き受けるのもやむをえないところだろう。

「智世、寝てんじゃねえよ、起きな」

益美がそう叫びざま、〃遺体〃に飛びかかってきた。いや、飛びかかろうとしたのだったが――

美佐子に羽交い締めにされてはいるが、〃遺体〃の左腕はまだ、かろうじて自由がきくらしい。

その左手が、つかみかかってきた益美の顔をがっしと鷲摑《わしづか》みにしたのだ。益美は悲鳴をあげて、懸命に〃遺体〃の手から自分の顔をもぎ放そうとするが、その五本の指は深々と顔に食い込んで、いっかな離れようとはしない。

それも当然だろう。なにしろ人間の首を引き抜くことができるほどの握力をひめた指なのだ。ほとんど熊罠のような破壊力といっていい。益美の力ぐらいでは、とうてい、それをもぎ放すことなどできっこない。それどころか益美の頭蓋骨《ずがいこつ》など卵の殻のようにたやすく砕いてしまうのではないか。

「み、美佐子——」

「益美！」

二人はたがいの名を呼びあったが、この状況では、彼女たちにも何をどうすることもできないのにちがいない。

「何すんだよ、バカ」

智世が横あいから〝遺体〟の左腕にしがみついてきた。

いや、単純にしがみついてきたわけではないらしい。この〝遺体〟は行き当たりばったりに対処できるほど生易しい相手ではない。彼女なりに何か成算があってのことだったのだろう。

鉄棒を握るときのように、右手を順手に、左手を逆手に持って、一瞬のタイミングで、くるり、とあざやかに体を入れ替える。

智世は病院では死後処置を受け持つことが多い。死後処置、というのは、要するに、死体を見た目だけでもきれいにすることであって、具体的には、全身を清拭《せいしき》し、その肛門《こうもん》や膣《ちつ》に綿をつめることを言う。

通常、そんなことはないのだが、何らかの理由で、死後処置が遅れた場合、死体はすでに死後硬直が始まっていることが多い。死後硬直の始まった死体の手足を動かすことは非常に難しく、ときに不可能なこととさえ言っていい。

そうではあるのだが、死後処置をつつがなく終えるのには、そんな悠長なことを言ってはいられない。そうした場合にはやむをえず死体の腕や足の骨を折ることにしている。つまり智世は遺体の骨を折るのに慣れているわけなのだ。

このときもそうだった。

智世はあざやかに体を入れ替えると、その勢いをかって、〝遺体〟の左腕を折ったのだ。ポキン、と軽快な音が鳴り響いて、左腕が折れ、益美はようやく、その手から顔を引き剝《は》がすことができた。

さすがに益美は消耗しきってしまったようだ。ヨロヨロと後ずさりし、床にペタンと尻餅をついた。放心したような表情になって肩であえいでいた。

「益美、寝てんじゃねえよ、起きな」

智世はさっきのお返しのようにそう言い笑い声をあげた。その笑い声にはありありと安《あん》堵《ど》の調子があからさまだった。

右腕は折れたか関節が外れたかしている。左腕は折った。いかに〝遺体〟が超人的な力を持っているにしても両腕を奪われたのではどうにもならないのではないか……

智世はもちろん、美佐子も、益美もそう思ったはずであったのだが――

そのとき美佐子と智世が悲鳴に似た声をあげたのだ。その声にゴボゴボという〝遺体〟の笑い声が重なった。

何ということだろう。〝遺体〟の頭部が徐々に肩に沈み込みつつあるのだ。

〝遺体〟がすでに諸組織の変性崩壊という段階にいたっているから可能になったことだろう。つまり体の組織がすべて腐りかかっていることから可能になった。それだから腐汁と腐肉とのあいだに頭部を沈めるなどという芸当ができるのにちがいない。

が、これは、智世や益美、とりわけ美佐子には恐るべきことだった。つまり――

頚部が肩に完全に沈んでしまえば、もう羽交い締めなど不可能になってしまう。

6

「〝おっかさん〟」

背後から理恵の声が聞こえた。鋭く、勁《つよ》い、石を敲《う》ちあわせるような声だった。

「どいて――」

それと同時に、美佐子は自分の肩に手がかかるのを感じた。温かで力強い手。――が、だからといって、その手に強引に押しのけられたわけではない。美佐子にその自覚はないのに、気がついたときには、わきに身を退けていた。自然に理恵と体を入れ替えていた。なにか魔法にでもかかったかのようだ。

「…………」

一瞬、美佐子はあっけにとられた。

あっけにとられるのと同時に、ある種、危惧《きぐ》の念も覚えざるをえなかった。

美佐子ほど力があって初めて〝遺体〟を押さえ込むことができる。たしかに理恵は看護婦として非常に有能だが、それとこれとは話がべつであって、有能だからといって力があるわけではないだろう。有能だからといって〝遺体〟を押さえ込むことができるわけではない。

さして力があるように見えない理恵が、それでも力まかせに〝遺体〟を押さえ込もうとするのは、端的にいって愚かなことであり、危険なことではないか。

理恵は、豊かな経験を積んで、冷静な判断力にも恵まれている。きわめて有能な看護婦といっていいだろう。そんな彼女であっても、〝遺体〟が暴れまわる、という異常な状況に直面し、やはり、その有能さを毀《こぼ》つことになったのではないか。

どくべきではなかったのだ。が、気がついたときにはどいていた。

それは理恵という女性が持っている大きなものに、美佐子が抗することができなかったからだろう。看護婦としての大きさか。いや、それは女性として、理恵が生来持っている大きさであったろう。美佐子はそれに抗することができなかった。

が、美佐子が、理恵を尊敬していると否《いな》とにかかわらず、理恵は〝遺体〟を押さえ込むには、あまりに非力でありすぎる。そして、〝遺体〟を押さえ込むことができなければ、それはそのまま理恵の身に危害が及ぶことを意味しているのだ。理恵の身が危ない！

美佐子は理恵と入れ替わるべきではなかった。それなのに、何の拍子でか、スルリと入れ替わってしまった。

――主任が危ない！

美佐子が理恵と入れ替わったのは、ほんの一瞬のことで、いわばものの弾みのようなものだった。その一瞬、美佐子は自分が取り返しのつかないことをしてしまったと思い、パニックにかられ、頭のなかが真っ白になってしまったのだ。

が、美佐子はなにも取り返しのつかないことをしてしまったわけではない。パニックにかられる必要もなかったのだ。

次の瞬間、理恵がとった行動は、あまりに意想外なものだった。意想外ではあったが、看護婦がとるべき措置として、十分に予想されるべきことでもあったのだ。

看護婦は、どんな患者であっても汚いなどと思ってはならないし、ましてや怖がってもならない。

当然のことだろう。当然のことではあるのだが——

次に、理恵がとった行動には、やはり美佐子は驚かざるをえなかった。何と、理恵は、いまにも頸部《けいぶ》にめり込んでしまいそうになっている〝遺体〟の頭を、ぐい、と摑んで、それをもとに引き戻したのだ。

〝遺体〟も理恵のとった行動が意外だったのだろう。一瞬、その体を凝固させたかのようにジッと動かなくなった。

「…………」

理恵の指のあいだから膿汁があふれ、一匹、二匹、蛆《うじ》がこぼれ落ちたが、彼女は表情一つ変えようとしなかった。わずかに視線を右に動かし、どうやら、それが丸山婦長に対する合図だったようだ。

それに呼応するかのようにスッと婦長が理恵の横に入ってきた。ごく自然に、さりげない動きで、べつだん急いでいるようにも見えなかったが、それでいて、その動きはきわめて敏捷《びんしょう》で、正確そのものだった。

「大丈夫ですよ。何も怖いことはありませんよ。気を安らかに持って。大丈夫だから落ち着いてくださいね——」

婦長の声は優しく、ほとんど悲しげにさえ響いた。

そのとき理恵がわずかに〝遺体〟の背を押した。〝遺体〟は押されるままに素直に背中を曲げた。この二人の看護婦のてきぱきとした動きに、〝遺体〟はあらがうすべを忘れてしまったかのようだ。

あらわになった脊髄《せきずい》に、すかさず婦長が麻酔の注射を射《う》った。

腐敗してぶよぶよになった体に、注射を射つのは難しいだろうが、二十数年のキャリアを持つ婦長には、それぐらいのことは何でもないことのようだった。

死んでしまえば代謝もない。したがって麻酔を射ったところで、それが作用するはずもないのだが、多分、生前の記憶とでもいうべきものが働いたのではないだろうか。遺体は膝《ひざ》を折り、その場にクタッと倒れかかった。

「………」

美佐子、益美、それに智世の三人が、とっさにその体を支えたのは、反射的に看護婦としての心得が蘇《よみがえ》ったからだろう。

そのまま静かに〝遺体〟をビニールシートを敷いた机のうえに横たわらせる。

〝遺体〟は明らかに二度めの死を迎えようとしていた。

その貌《かお》はあいかわらず凄絶《せいぜつ》なまでにグロテスクだったが、それでいて、どこかに安らいだ気配をただよわせてもいるようだった。

「愛子、患者さんが逝く。手を握ってあげな――」

と理恵がそう言い、

「え?」

と愛子がその顔を見ると、

「そうね。そうしてあげなさい」

丸山婦長が言う。

「…………」

愛子は先輩たちの顔を見わたす。

益美が、智世が、美佐子が、それぞれに厳粛な表情になって、愛子の目を見かえし、頷いた。

愛子も頷きを返した。ふいに熱いものが胸にこみあげてくるのを覚えた。一瞬、その熱いものに流されそうになるのを、かろうじて堪え、きっぱり、はい、と返事をし、〝遺体〟の右手を握った。

「…………」

患者さんが逝くときには、できるかぎり、最期まで、その手を握っていてあげる……それは、日赤の看護婦たちがまず学ぶべきことであり、その精神を忘れた看護婦は、どんなに技術的に優れていても、一人前の看護婦とはいえない。相手がどんな患者さんであってもそのことに例外はない。

〝遺体〟は、ほとんど腐肉の塊といっていい状態であり、その顔貌《がんぼう》も顔としての原形をとどめていない。それにもかかわらず、〝遺体〟が、いや、患者さんが、静かに、安らぎのときに入ろうとしつつあるのが実感として感じられた。

愛子に手を握られることによって、患者さんは臨終のときを静かに迎えようとしているのだった。

「………」

いつのまにか涙が滂沱《ぼうだ》として愛子の頰《ほお》を流れていた。

このとき初めて山瀬愛子は一人前の看護婦として丸山班に迎えられることになったといっていい。

愛子が自分でそう言ったように、ここは地獄であるだろう。が、学ぶべき人は、そこがどんな地であろうと、学ぶべきものを学ぶ。成長を忘れないのだ。

患者さんは逝った。

気がつくと、いつのまにか、あの僧侶《そうりょ》が、すぐ近くに寄っていて、静かに、しかし力強い声で、お経を詠《よ》んでいた。

ここにもまた一人、豊かに学ぶべきものを学んだ者がいるようだった……

どうやら丸山婦長は遠藤志保は足手まといになるだけだと判断したようだ。

志保は完全に外界に対する反応を失ってしまっている。その目は、ただもう虚《うつ》ろに翳《かげ》っているばかりで、自分一人の狭い世界に封じられてしまっている。もう何を言っても何があっても反応しようとしない。

死んだ女の子を抱いて、しきりにブツブツと何事か独り言をつづけているのだ……そして、それ以外には何もしていない。

すでに看護婦として有能であるかどうかではなく、精神科で対応するかどうかを考慮すべき段階に入ったようである。

「こんなことをお願いして申し訳ないのですが、この人を町まで連れていっていただけないでしょうか。お手数ですが、できればK病院まで連れていっていただきたいのです。お願いしてよろしいでしょうか」

丸山婦長がいつもながらにたおやかな調子でそう言うのを、

「ええ、ええ、それはいっこうにかまわないですが……いや、喜んでやらせていただきますが……」

僧侶は不得要領に頷いて、ふいに眼鏡《めがね》の奥の目を瞬かせると、

「で、でも、あなた方は、その……これからどちらへ？　まさか――」

丸山婦長はにこやかに、ええ、と頷き、

「山に戻ります。山にはわたしたちが戻るのを待っている患者さんが大勢残っていらっしゃいますから――」

そして理恵たちのほうを見た。

丸山班の看護婦たちはすでに、三角巾《さんかくきん》やガーゼ、絆創膏《ばんそうこう》、シーツ、綿、ビニールシート、添え木にする板、消毒薬、蛆殺しの薬剤、各種薬剤、それにハサミやカミソリ、爪切り、ピンセット、口紅からファンデーションにいたるまで、現場で必要と思われるものはすべて集めていた。

斉藤益美

森村智世

安田美佐子

山瀬愛子

四人の看護婦たちが整列していた。そのまえに水島理恵が立って、

「わたしたちは、たんなる看護婦だから自分たちのやるべきことだけやってればいいって言う人もいるかもしれない。女は女らしくしろって言う人もいるかもしれない。だけど――」

理恵は静かにそう言い、ふいに口調を荒らげると、

「そんなこた知っちゃいないよ。男なんか当てになるもんか。医者も、警察も、自衛隊も当てにならない。わたしたちはプロのナースなんだからね。男も女も年寄りも子供もみんな治してやるだけのことさ」

「おう！」

四人の看護婦たちが口をそろえて言う。

「〝世界〟が病気になったらどうするかって？　決まってる。〝世界〟も治してやればいい――」

「ヨッシャ！」

「さあ、いいかい、みんな、根性すえな、これから地獄に行くよ！」

「おう!」

7

……丸山班の看護婦たちに関して言えば、わずか六時間ほどまえにすべてが始まったといっていい。

彼女たちはK市のK日赤病院に勤務している。

その日、夜、十時ごろ——

日赤・県支部から、K日赤病院に、航空機墜落事故現場における遺体修復、および救護活動への協力を求める旨の要請がなされた。看護婦数名ほどを現地に派遣して欲しいという。

ジャンボ機が墜落したのは、未明のことであったから、すでにこの時点で、十六時間あまりが経過していたことになる……

夜の九時ごろから、K市は、時節外れの激しい雷雨にみまわれた。

篠突《しのつ》く雨に、雷光がひらめいて、街はときならぬ闇《やみ》に閉ざされた。

この地方の、気象台の観測、始まって以来という集中豪雨で、一時的にではあるが、電車は運転を休止したし、国道も閉鎖されることになった。

K日赤病院では、当然、外来の時刻は終わっていたし、すでに入院患者の面接時間も終わっていた。

病院は夜が早い。消灯時間が九時であるから、十時はすでにして深夜といっていい。

山瀬愛子が夜勤に入っていた。

その時刻、院内を巡回していた。

丸山班ではその他に水島理恵も夜勤に入っていたが、そのときにはナース・センターにいた。

大部屋を見て、個室に移る。

激しい雨が降りつづいている。ときおり雷音《らいいん》とともに、稲光が炸裂《さくれつ》し、窓ガラスを青白く染めあげた。

個室のうちの一つ、消化器系の癌《がん》で運び込まれてきた老人の部屋を覗き込んだ。

「…………」

愛子は顔がこわばるのを覚えた。

老人の様子がおかしい。息をしていないのではないか。

モニターを見た。心電図がフラットになっていた。血圧も表示されていない。間違いない。患者は死んでいた。

意外なことではない。老人の癌は、胆嚢《たんのう》や肝臓にも転移していたし、すでに黄疸《おうだん》も出ていて、もう、どんな治療も受けつけないようになっていた。食欲も失《う》せていたし、要するに、こうなるのは時間の問題だった。意外なことではなかったが、それでも——

愛子は呆然とせざるをえなかった。うろがきたといえばいいか。彼女はまだ患者が亡くなるのを経験していない。こんなときにはどうすればいいのか。いや、どうすればいいのかは看護学校でも教えられているし、病院でも具体的に指示を受けているが、それでもどうすればいいのかわからない。

いま、愛子は、ひとりだけで遺体と共にいるわけなのだが、不思議にそのことを恐ろしいとは感じなかった。夜勤をつづけていれば、いつかはこういう事態を迎えることになるだろうと覚悟していたし、そうなれば、さぞかし怖いのだろうな、と予想もしていたのだが、実際にはそれほどのことはない。

ただ無性に悲しかった。担当していた患者でもないし、言葉を交わしたことさえないのに、どうしてこんなに悲しいのか、そのことが自分でも怪訝《けげん》に思われるほど、ただもう悲しくてならなかった。

「…………」

どれぐらい、ぼんやりベッドサイドに立っていたのだろうか。自分では、長い時間のことだった気がしているが、実際には、ほんの数分のことだったのかもしれない。

気がついたときには、すぐ後ろに主任が立っていた。

もちろん、それは不思議でも何でもない。ナース・センターにもモニターはある。

「あなた、初めて?」

と理恵は尋ねてきて、愛子がこっくり頷《うなず》くのを見て、そう、と自分も頷いた。そっけないほどの言いようだが、その口調にいたわりの念が込められているのは、若い愛子にも十分に察せられることだった。理恵はすぐに口調を変えると、

「いま、宿直医を呼んだわ。すぐに来てくださるはずよ」

「霊安室にお運びしましょうか。あのう、死後処理は……」

「霊安室に運ぶのは担当の人がするわ。死後処理も、遺族の方を呼ぶのも、彼女にまかせておけばいい。わたしたちには他にやることがあるのよ」

「他にやることが」

愛子は理恵の顔を見た。

「ジャンボ機が墜落したのは知ってるでしょう」

「はい」

「県の日赤支部から連絡が入ったの。死後処理に、うちからも何人か、看護婦を現地に派遣して欲しいんだって。それで、わたしたち丸山班が派遣されることになった」

「そうなんですか」

理恵は、うん、と頷いて、

「あなた、これまでに何かの事故現場に派遣されたことある?」

「いえ、ありません」

「そう」

理恵はちょっと苦笑めいた笑いを刻んで、

「初めてじゃ、ちょっとキツイかもしんないなあ。どうする? 一緒に来る?」

「はい」

「キツイよ」

「ご一緒させて下さい」

「そうか、だったらそうしよう」

理恵はくどくは言わない。あっさりと頷いて、

「三十分後に出発するから用意して。ちょっと急だけど、途中、他の人たちを拾っていかなければならないから」

「はい」

と愛子が頷いたときには、もう理恵はさっさと個室を出ていった。

理恵はどちらかというとぶっきらぼうで、あまり情緒的な物言いは好まない。そのぶん、とっつきが悪く、愛子も最初のうちは理恵のことが苦手だった。しかし、一緒に働いているうちに、理恵がじつに有能なうえに、部下に公平で、芯《しん》の優しい人であることがわかってきた。

実際、准看になったばかりの愛子にとって、最初の職場で、丸山晴美、水島理恵のような人たちを上司にいただいたことが、どんなに幸運であったか、最近になって、そのことをつくづく身に染《し》みて感じている。

愛子も理恵につづいて急いで個室を出ようとした。

青白い光がひらめき、一瞬、遅れて、雷音がとどろいた。

そのときのことだ。

アアアウァァウ！

ふいにベッドに横たわって死んでいた老人がそう呻き声を発したのだった。

「…………」

愛子は悲鳴をあげたかもしれない。いや、とっさに拳《こぶし》を口に当てたから、悲鳴をあげる醜態をさらすのだけは免れたろう。が、とっさに飛びすさって、点滴スタンドを床に押し倒してしまった。点滴スタンドは、ガタン、と思いがけず大きな音をたて、そのことがなおさら彼女のパニックを駆りたてた。

気がついたときには、死んだ老人からできるかぎり離れるようにし、壁に背中を当て、わなわなと震えていた。

――死体から空気が洩《も》れることがある。それで死体が喋《しゃべ》っているように聞こえることがよくある……

と、そう先輩から聞いたことがある。

なにも怖がることはない、これがそうなのだろう、と思うことにする。

いや、そう思いたいのだが、空気が洩れただけのことで、死体が顔を横にし、その目をかっと見ひらく、などということはありえないだろう。

ましてや、その目で、まじまじと看護婦のことを凝視しているなどということが、あろうはずがない。

たしかに死んだ老人は愛子のことを見つめている。見つめているような気がする。錯覚だろうか。いや、錯覚なのだろうが、その白濁した目の下で、チラリ、とわずかに眼球が動いたような気がする。愛子を見ている。

死んだ人間に見つめられている……なるほど、そのことは恐ろしい。十分に恐ろしいことと言っていいだろう。が、それにも増して、はるかに恐ろしいのは、死んだ老人が何かに怯えているように見えるそのことだ。人が死んでまで恐れなければならないことというのは何なのだろう。実際、そんなことがあるとは想像もつかないではないか。

ぴかり！

また雷光が炸裂した。青白い光がひらめいて、一瞬、陰陽を逆転させ、それを追うようにして雷音がティンパニーのようにとどろいた。

雷音はどろどろと余韻を曳《ひ》いて、その余韻が途切れたときには——

もう老人は何事もなかったかのように死んでいた。すでにその目を閉じていた。

が、その死に顔は、とうてい安らかなものとはいえなかった。その癌に痩《や》せおとろえた顔にはどこか恐怖がべったりと張りついているかのようなのだった。

——人は死んでまで何をこんなに恐れなければならないのだろう。

このとき、恐怖にうち慄《ふる》えながら、愛子がしきりに自問していたのは、そのことであったのだが。

8

恐怖、ということであれば、遠藤志保もまた一方の専門家と言えるかもしれない。

遠藤志保は、およそ、この世にあるものは何もかもが、すべて恐ろしい。恐ろしくてならない。実際、恐ろしくないものは皆無と言っていいほどなのだ。

看護婦という仕事の基幹は、基本的には、何も恐れない、ということにあると言っていい。看護婦という職業は、ときに、この世の、ありとあらゆる汚濁と悲惨に、真正面から向きあわなければならない。何かを恐れていてできる仕事ではないのだ。

志保にしたところで、看護婦になったばかりのころは、人並みに、仕事に理想を燃やしたし、できるかぎり病人に尽くしたい、とそうも思っていた。

もちろん、この世に、看護婦ぐらい理想と現実とがかけ離れている職業はないし、奉仕と献身の精神ほど、容易にすり切れてしまうものもまた、ない。

実際の看護婦の仕事は、理想と現実のあいだに生きるというより、かぎりなく現実に身をすり寄せて生きることにある、といってもいい。日々の仕事をつらぬいているのは、奉仕と献身の精神というより、失望と落胆に耐えることにある、とそう言っても過言ではないほどなのだ。

が、そうではあっても、いや、おそらく、そうであるからこそなおさら、多くの看護婦たちは、どこか一点、とぼしい埋《うず》み火を残すように、胸に理想を残し、その理想にすがることで、かろうじて生きている。それすら失えば、もう生きてはいけない、働いてはいけない、とそう感じながら、日々の労苦に耐えて生き抜いているのだ。

真の看護婦というのは、多分、丸山婦長や、水島主任のような人たちのことを言うのであろう。彼女たちは、過酷な労働条件のなかにあって、しぶといまでに楽天的であり、どこまでも理想主義をつらぬいて生きるのを恐れない。

要するに、タフなのだ。タフの一語に尽きる。

丸山婦長や、水島主任に比べれば、

――わたしは駄目だ。わたしなんか看護婦とも言えないぐらいだ……

決して、いたずらに自嘲するのでなしに、志保は心底からそう思う。

自分は看護婦としては徹底的に駄目になってしまった。スポイルされたというのも愚かしい。もう再生はきかない。何ということだろう。患者の腕に、点滴の針を刺すのさえ、恐ろしくて、指が震えるほどではないか。

――いつから、わたしはこんなに臆病《おくびょう》になってしまったのだろう。いつからこんな意気地なしになってしまったのだろう。

そう自省することもある。

いつからとは言えない。いつのまにかこうなっていた。

看護婦の仕事をつづけているうちに、徐々に自分のなかに「恐怖」が芽生え、それが大きく育まれ、気がついたときには、こんなふうになってしまったのだ。

体の底に執拗《しつよう》に「恐怖」が巣くって、それが悪質な癌細胞のようにとめどもなしに増殖をつづけ、ついには宿主自身をも喰《く》い尽くすことになってしまう。

最悪だ……

もちろん、彼女がこうなってしまったことには、それなりにきっかけのようなものがなかったわけではない。

このK日赤病院に来るまえに、彼女は、都下の、とある産婦人科で働いていた。

ある日、入院していた妊婦の一人が、妊娠中毒症を合併し、死産してしまった。

新生児というのは、うだったように真っ赤で、元気に泣いているものとばかり思い込んでいた。それがチアノーゼに青ざめて、石のように硬く、冷たい赤ん坊が生まれてきたのだった。

あのときのショックは忘れない。忘れられるはずがない。

人間はそもそもの最初から〝死〟を孕《はら》んで生まれてくるのだ、とそのことを思い知らされた気がした。あの、青ざめて、石のように硬く、冷たいものが、人間の真実の姿なのだ、とそのことをありありと実感させられた……どうして、あんな体験をしたあとで、何事もなかったかのように、それ以前と同じようにぬくぬくと生きていくことなどできるだろう。あれがきっかけだった。そう、きっかけではあったろうが、あくまでも、きっかけはきっかけにすぎない。

その端緒が何であったにせよ、実際に、そのあと、「恐怖」にうちひしがれて生きることになった、その原因が、すべてそのことに求められるものでもあるまい。

気がついたときには、いつのまにか、そうなっていた。どうして、そんなことになってしまったのか、どこにその原因が求められるべきであるのか、自分でもそのことは明確にはわからないのだったが。

ただ、これだけは、はっきりと言える。そのことだけは自分自身に認めなければならない。

遠藤志保は看護婦としてはもう致命的に駄目になってしまった。この世に「看護婦の墓場」というようなものがあるのであれば——どこかにあるような気がするのだが——、彼女はとっくにそこに雨ざらしの白骨をさらしているのにちがいない。弁解も憐憫《れんびん》も必要ない。要するに、もう使い物にならないのだ。スクラップになってしまった。

志保自身が、自分自身のことに関して、もう何の幻想も持っていない。新聞紙ならトイレットペーパーにリサイクルすることも可能だろうが、一度、スクラップになってしまった看護婦は、もう二度と再生することはできない。

だから水島主任が、自分の名を「ジャンボ機墜落現場」のメンバー・リストに加えたことには、いささか驚かざるをえなかった。

水島主任は自分のことをまだ使い物になるとそう考えているのか。自分のことをまだ看護婦として完全に駄目になったわけではないとそう思っているのだろうか。

いや、そうではないだろう。水島主任は、冷たい人ではないが、厳しい人ではある。たんに安易な同情心から、あるいは情実から人事を決めたりするはずがない。——志保のことをメンバーに加えたのは、彼女に看護婦としての最後のチャンスを与えてくれるつもりなのにちがいない。

このチャンスを生かすことができなければ、多分、志保は、丸山班から外されることになるだろう。場合によっては、K日赤病院を辞めさせられることにもなりかねない。

それもやむをえないだろう。なにしろ看護婦は患者の命を預かるのが仕事なのだ。無能で無気力な看護婦はその存在自体がすでに大きな害悪といっていい。真っ先に駆除されるべき存在であると見なされて当然なのだ。そのことに弁解の余地はない。

……雨はいくらか小降りになったろうか。

いや、そうでもないだろう。雨足は小降りになったというほど衰えてはいない。あいかわらず激しく降っていて、その灰色のとばりが、うっとうしいまでに街を覆いつくしているのだ。実際の話、見えるものといえばただ信号の灯だけではないか。

遠藤志保は、雨に打たれながら、歩道の縁に立っている。

K日赤病院の救急車が来て、志保を拾ってくれるのを待っているのだ。

ほとんど人通りの絶えた交差点に、信号の灯だけが空《むな》しく変わるのを、見るともなしに見ながら、

――わたしは今度こそ致命的な失敗を犯すことになる。決定的に無能の烙印《らくいん》を押されることになるだろう……

そんなわびしい思いに駆られていた。

ただ雨音だけが激しい。その雨音がなおさら志保のわびしい思いをつのらせているようだった。

遠くに、ヘッドライトの明かりが見え、雨のなか、それが急速に近づいてきた。

救急車のヘッドライトのようだ。

志保の注意をうながすつもりだろう。けたたましいまでにフォーンが鳴った。

これから救急車は、G山に向かい、「T航空ジャンボ機墜落事故対策本部」に合流する手筈《てはず》になっている……

9

……山地にさしかかるころには、ほぼ雨は止《や》んでいた。

ときおり強い風が吹くと、木々の枝を払うように、水しぶきがパラパラと降りかかるが、雨というほどのことではない。

麓《ふもと》から山頂付近まで有料ハイウェイがつづいている。その入り口のゲートを抜けた。

頂上付近にジャンボ機が墜落した。乗客、乗員あわせて五百人もの犠牲者が出ることになるだろう、と予測される。そのことを考えれば通行料を徴集するどころではないからか。

ゲートに人の姿はない。

山頂に通じる道路には、泥流が泡を噛《か》んで流れ落ちていたが、車が通ることができないというほどではない。はるか等間隔に並んでいるナトリウム・ライトがオレンジ色の明かりを虚《うつ》ろにその泥流に投げかけていた。

虚ろ――と言えば、塁壁のように立ちはだかる暗い山並みも、ハイウェイにのしかかるように密生している常緑樹林も、やはりどこか虚ろに空っぽな印象が否めない。葉の落ちた楓《かえで》や樺《かば》が、冷たい夜空に、白々と骨のような枝をひろげているのも、なおさら寂寞感《せきばくかん》をきわだたせているようだ。

「おかしいな――」

呟いたのは智世である。

「こんなはずないんだけどな。なんで、こんなに淋しいんだろう」

突然の、深夜の出動で、救急車の運転手を見つけることができなかった。それで、族あがりで、かつてレディースで悪名をなした智世が運転することになった。

智世にしてみれば、さぞかし、パトカー、機動隊のトラック、救急車、マスコミの中継車などが道路をわんさと埋めつくしているのではないか、と想像したにちがいないのだ。久しぶりに、族の血が騒ぐ、というか、おびただしい車のあいだを縫って、救急車を全速で走らせることに、ノスタルジックな快感さえ覚えたことだろう。

それなのに、いざ現実に、墜落現場に近づいてみれば、道路が車に埋めつくされているどころか、見わたすかぎり、どこにも人っ子一人いない有り様なのだ。ただもう、がらんとした道路に、ナトリウム・ライトが荒涼とした明かりを投げかけているだけなのである。

これはどういうことなのだろう。これはありうることなのか。こんなことがあっていいはずがない。

一台のパトカーもない。一台の救急車もない。一台の消防車もない。一台の作業車もない……

いや、それればかりではない。ここには一人の警察官もいない。一人の自衛官もいない。一人の機動隊員もいない。一人の医者もいない。一人の消防団員もいない……

ここまで徹底すると、たんに智世が拍子抜けするという程度にはとどまらないだろう。事故の大きさ、深刻さを考えれば、事故現場に通じる道路に、一台も車が走っていないというのはまず、ありえないことではないか。はっきり異常なことといっていい。

何かが起こったのだ……そうとでも考えるほかはない。しかし、何が？

「何、これ？　これじゃ救急車を運転してもつまんねえよ」

智世はぼやくことしきりである。

「あんたの趣味で救急車を走らされたんじゃ困るんだよ」

と益美は智世に悪態をついたが、自分でも納得しきれなかったのだろう。

「これはどういうことなんでしょうね。軍曹――」

と理恵にそう尋ねた。

「さあ」

いくら理恵にだってわかることとわからないことがある。これにはただ首をひねるばかりだった。

「とにかく『墜落事故対策本部』まで行ってみましょう。ちょっと様子がおかしいけど、本部に行けば、何らかの情報が聞き出せるはずだから」

丸山婦長がいつもながらにおっとりとした口調でそう言い、スナック菓子の袋を取り出すと、ねえ、食べない、と勧める。

「わ、いただきます」

最初に手を出したのは愛子で、

「どうしようかな、肥《ふと》っちゃうからな」

と迷いながらも、結局、手を出すのが美佐子で、

「食べない？」

と、さらに丸山婦長に勧められても、無言のまま、あいまいに首を振るのが、遠藤志保なのだった。

運転している智世が、婦長、主任、と声をかける。

「なに、あなたもお菓子が欲しいの」

「わちしはいいです。どうも甘いのは苦手で――」

智世はルームミラーに丸山婦長の顔を見ながらそう言い、

「気がついてます？　どうも尾行されてるようですよ」

「尾行？　まさかァ」

益美が笑い、茶々を入れて、

「あんた、しっかりしてよ。もう昔の族じゃないんだからさ。パトカーなんかに尾行されたりするはずが――」

「チョイ待ち、益美――」

理恵が緊張した面持ちになり、片手をあげて、益美を制し、ほんとうだよ、と言う。

「ほんとうに尾行されてる」

「え……」

益美が慌ててバックミラーを覗き込んだそのときのことだ。

そのバックミラーにふいにヘッドライトが点滅したのだ。けたたましくフォーンが鳴りわたった。

がっしりした角ばった影が、背後の闇《やみ》に迫《せ》りあがり、それが急速に追いあげてきた。角ばった影は、見る間に、ジープの輪郭を刻んで、きわどく救急車を追い抜いた。追い抜くのと同時に、車体をやや斜めにし、道路に立ちふさがるようにして、急停車する。

かなり乱暴な運転といっていい。その急ブレーキの音が悲鳴に似ていた。ジープのテイルがスピンしそうになったほどだ。

「こんちくしょう!」

智世が罵声《ばせい》を洩《も》らした。

だが、いつも、二番めに車が好き、と豪語しているだけあって、さすがに、こんなときにもむやみにパニックに駆られるようなことはない。

あざやかにステアリングを操り、チョン、チョン、と鳥が餌《えさ》をついばむように、小刻みにブレーキを踏んで、救急車をコントロールし、ジープの横を巧みにすり抜けて、そこにとまった。

「なんて野郎だ——」

智世はあいかわらず罵《のの》りながら、ドアを開け、外に飛び出そうとした。

が、ステップに足をかけたまま、そこに釘付《くぎづ》けにでもされたかのように、ピタリ、と体を凝固させてしまう。ヒエー、と情けない声をあげた。そのまま背中を徐々に反らせていって、やがて運転席にペタリと尻餅《しりもち》をついてしまった。

「こ、これ、何よ。こんなのあり?」

と智世が言う。

その声が震えているのが、いつも鼻っ柱の強い彼女には似つかわしくなかったが、それも、この際、やむをえないことであったろう。

それというのも——

智世の鼻先に突きつけられている、銃身の長いあれは——ライフルではないのか。

こともあろうにライフルの銃口が救急車のサイドウインドウから智世の鼻先に突きつけられているのである。

この状況では、どんなに、かつてレディースで暴れまくった智世であっても、その声が震えざるをえない。

10

もちろん、日本の看護婦である彼女たちに銃の知識などあるわけがない。二十年以上のキャリアのある丸山婦長にしてからが、これまで銃創を負った患者など、ただの一度も看護したことがないのだ。

したがって彼女たちの誰《だれ》一人として、サイドウインドウから突きつけられたその銃が、何口径の、何連発の、どんな銃であるのか、それを指摘できる者はいなかった。多少なりとも、銃の知識があれば、それが自衛隊装備の六四式ライフルであることぐらいはわかったかもしれないが。

一度は、智世の鼻先に突きつけられた小銃であるが、その銃身はすぐに彼女から逸れ、ウインドウから引っ込んだ。そのときに、わずかに銃身がぶれ、その小銃を持っている人間が、かなり体力的に消耗しているらしいことを窺《うかが》わせた。

現に、

「行って欲しいところがあるんだ。どうしてもそこまで行って欲しいんだよ——」

そう言ったその声はかすれていた。震えていた。意識を失わないようにするのが精一杯の声だ。多分、怪我《けが》を負っている。看護婦たちにはそれがわかる。非常によくわかる。

ガタン、と音をたてドアが揺れた。小銃を持った男が倒れかかったようだ。倒れかかって、ドアの縁につかまり、かろうじて自分を支えた。

頭を五分刈りにした、精悍《せいかん》な、しかし、まだ若い男が、荒い息をついて、車のドアに凭《もた》れかかっていた。その蒼白《そうはく》な顔が血と泥にまみれていた。自衛官だろうか。迷彩服を着ていた。

怪我をしている人間を見ると看護婦たちは反射的に動いてしまう。一種の本能でもあろうか。どんな状況であろうとおかまいなしだ。

「あらあら、大変――」

智世が運転席から飛び下りた。それにつづいて、益美も急いで救急車の外に出ようとした。

男は見るからに衰弱しきっていて、いまにも倒れてしまいそうに見えた。それを見かねて二人で男の体を支えようとしたのにちがいない。だが――

二人が手を触れようとした寸前に、男は飛びすさり、くるり、と小銃を一回転させたのだ。すかさず銃口を二人に突きつける。思いがけず敏捷《びんしょう》な動きだった。十分に、とまではいかないにしても、まだ気力も余力も残されているようだった。

「好意はありがたいが――」

と男はかすれた声でそう言い、

「いまのおれにはあんたたちの看護を受けている暇はないんだよ。看護婦さん」

「…………」

益美と智世の二人は石化したようにその場に立ちすくんでいる。いままで、色々と扱いにくい患者を経験してきたが、これはその最たるものといっていいだろう。

「悪いな、看護婦さん。おれはこんなふうでもう車を運転できない。だけどな。それでも、どうしても行かなければならないところがある。あんたたちに行ってもらいたいところがあるんだよ」

と男はそう言い、益美たちに突きつけた小銃の銃口を、わずかに上下に動かした。救急車に乗れというのだろう。

「…………」

二人は顔を見あわせたが、銃に脅されたのでは選択の余地がない。やむをえず言われるままに車に戻った。

男は、さらに小銃を横に振った。今度は美佐子に向かい、後部のスライド・ドアを開けろ、と言っているらしい。美佐子が理恵の顔を見る。理恵は頷《うなず》いた。美佐子はそれを確認したのちにスライド・ドアを開けた。

男はすばやく救急車に乗り込んだ。

また小銃を振り、美佐子を下がらせる。目を丸くして驚いている丸山婦長に、かろうじてそれとわかる会釈をし、あいかわらず無言のままの遠藤志保にも頷いて見せる。強引だが、乱暴ではない。それどころか、ずいぶんと律儀な男のようだ。

そのうえで、ストンと尻《しり》から落ちるように、自分もやっと座席にすわり込んだ。長々とため息をついた。たった、それだけ動いただけで、相当に体力を消耗させたらしい。ゲッソリと頬《ほお》がこけていた。そして、悪いな、と言う。

「おれの言うとおりに車を動かしてくれ。なに、それほど遠いところじゃない。ここから車で十分ほどのところさ」

たしかに男は逞《たくま》しい。その動きも非常によく訓練されてナイフのように鋭く研ぎ澄まされている。が、毀《こわ》れかかっている。いや、すでに毀れている。重傷を負っていた。肩から腹にかけてべっとり血に濡《ぬ》れていた。

経験を積んだ看護婦であれば、彼が大量に失血し、体力も気力も底を尽きかけていることを容易に見てとるにちがいない。もちろん応急手当で止血はされているが、これほどの傷を負っているのだ。たんに血を止めればいいというものではない。

「あなたは早急に治療を受ける必要があります。さもないと失血死するわ。車で十分ほどのところだろうが何だろうが、いま、あなたの行くべきところはそこじゃない」

理恵がそう言うと、男は驚いたように彼女のことを見たが、すぐに苦笑混じりの表情になって、

「そうはいかない。おれ一人が治療を受けるわけにはいかないんだよ。おれ一人がおめおめと生きて帰るわけにはいかないのさ。部下たちはみんな――」

男はそこで言葉を途切れさせた。何か、どうでもいい、というような中断だった。話を

するのも大儀そうなのだ。また、長々とため息をついて、運転席の智世に向かい、小銃を振ると、車を出してくれ、と言う。

「…………」

智世が理恵の顔を見る。理恵が頷いたのを確かめてから、ギアを入れ、救急車を発進させた。

こういうとき丸山婦長は何も言わない。理恵の判断を全面的に信頼しているのだ。大局的なことだけ相談すれば、あとの細かいことは理恵がすべて判断してもいいことになっている。

男はそんな理恵を興味深げに見ていたが、やがてフッと自嘲《じちょう》するように笑うと、

「あんたはずいぶん部下から信頼されているんだな。羨《うらや》ましいよ。おれもあんたのようだったらよかったんだが」

「あなたは部下から信頼されてないの」

理恵が尋ねた。

「十分には、な。信頼されていない。いや、そうじゃない。信頼されていなかった、というべきだろう」

「どうして過去形で話すの」

「過去形だからさ。おれにはもう部下はいない」

「…………」

「あいつらのことについては米軍側がかなりの情報を持っている。持っているという話だったんだが。ちくしょう。出し惜しみしやがって。おかげで、おれたちの小隊は壊滅状態さ。ひどい話じゃないか」

男の精神状態はまともではない。なにか決壊したダムのように、感情がとめどもなしに流れ出すままになっている。あるいは大量に失血したために譫妄《せんもう》状態におちいっているのかもしれない。外界との接触を急速に失いつつあった。

「…………」

理恵はチラリと丸山婦長のことを見た。

丸山婦長も理恵のことを見る。

その顔が、いつになく真剣な表情になっているのは、男が異常な興奮状態にあって、しかも小銃を持っているという、そのことに危惧《きぐ》の念を抱いたからにちがいない。

実際、これほどやっかいなことはない。一歩まちがえると、とんでもない惨事を招くことにもなりかねないのだ。爪先立《つまさきだ》ちに、慎重なうえにも慎重に、歩を進めなければならない。

丸山婦長が、理恵に向かって、それとなく頷いて見せたのは、彼女にすべてを委《ゆだ》ねるという意思表示であったろう。

婦長には精神科で働いた経験はないが、理恵にはある……

理恵は、極力、相手を刺激しないように努めながら、

「あいつらって誰のことを言ってるの？」

「あいつらはあいつらさ。決まってるじゃないか。あいつらは以前にも地球に来たことがあるらしい。米軍とはそのときに接触したらしいんだが――」

男はそう言いながら、なにか妙に苛《いら》だたしげに、ズボンのポケットを探っている。

「何でも、あいつらは故郷《くに》に帰りたがるんだそうだ。こいつは米軍側の情報なんだがね。人間があんなふうにされるのは、帰るための材料にされるからだ、ということらしいんだが。材料にされたほうにしてみれば、どうにも迷惑な話さね」

何を言っているのかわからない。話が急速に荒唐無稽《こうとうむけい》なものになりつつあった。やはり男は譫妄状態にあり、その話もたんに妄想をつむいでいるだけなのか。

人間があんなふうにされる、と言うが、要するに、人間以外の何かがいて、それが人間をどうにかすると言っているわけなのだろうか……だとしたら、それはあまりにナンセンスな話ではないか。

捜しているものが見つからないらしく、男は、ポケットのうえから、ポンポン、と叩《たた》いた。未練がましいと言えば未練がましいが、どこか妙に切実さを感じさせるしぐさでもあった。

——タバコが欲しいのだろうか。

と理恵は思った。

理恵はタバコを吸わない。丸山班の看護婦たちのなかで、タバコを吸うのは、智世ひとりであるのだが、あいにく、いま智世は運転していて手を離せない。

が、いよいよとなったら、智世にタバコを貰《もら》うしかないだろう。

そのとき男の表情が明るくなった。あった、とそう呟《つぶや》いた。ポケットから取り出したのは何かふわふわとヌイグルミめいて小さなものだった……

「ウサギの足のお守りさ。こいつをあんたにやろうと思ってさ」

と男は不自然なほどに明るい声でそう言って、

「いいかい。あいつらをそのまま帰しちゃ駄目なんだ。人間はそのための生贄《いけにえ》にされるようなものなんだからな。そんなことを見逃すわけにはいかない。何としてもあいつらが帰るのを阻止しなければならないんだ。わかるだろ」

わかるはずがない。戯言《たわごと》にしてもあまりに支離滅裂でとりとめがなさすぎる。いったい、この男は何を言っているのだろう？……とりあえず理恵はウサギの足のお守りを受け取ったが、それが自分が受け取っていいものであるかどうか、そのことにさえ迷っていた。

「おれたちは失敗した。だけど、こいつは失敗した、では済まされないことなんだ。だって、そうじゃないか。ことは人間の尊厳にかかわることなんだからな。失敗したじゃ済まされない。だから、おれはあんたたちに頼みたいんだよ。あんたたちだったら、あいつらが故郷《くに》に帰るのをそのまま見過ごしにはしないだろう。多分、あんたたちだったら、おれたちのように失敗はしない」

男の口調が熱っぽいものになった。どこか悲壮感さえ漂わせているようだった。

要するに、こういうことだろうか。

男はなにかの任務に失敗した。そのために部下たちを失った。その失敗を償うべく、どこかに戻っていかなければならない。多分、その任務を失敗することになったどこかに……

——この人は死ぬつもりなんだ、そうなんだ。

理恵はふいにそのことに思いいたった。愕然《がくぜん》とした。胸がきりきりと痛むのを覚えた。なにか乳房を誰かに鷲摑《わしづか》みにでもされたかのようだ。

——この人は死ぬつもりでいる。任務に失敗して部下たちを死なせてしまった責任を一身に負うつもりでいるのだ……

もちろん、理恵にしても、これまで恋愛めいた体験は何度かある。が、そのつど理恵のほうで、もう一つ、熱中できないものを覚えて、自然に疎遠になっていった。求婚されたことも一度や二度ではなかったのだが。

理恵の目から見て、どの男もどうにも薄っぺらに感じられてならなかった。要するに、そういうことだろう。口は達者だが、要領はいいが、あるいは自分を誠実に見せるのに長《た》けてはいるが――だからといって、それが何だというのか。それはそれだけのことで、その裏に貧弱なエゴがありありと透けて見えるではないか。

つまりは物足りなかった……その一語に尽きるのかもしれない。男というものに失望したとそう言ってもいいかもしれない。

どこかに自分の卑小なエゴイズムなど克服し、理想に殉じて生きる、そんな凛《りん》とした男はいないものか。いないのだろう。いまの日本にそんな男がいるはずないではないか。

理恵はいつしか、自分が理想の男に行き会うことなどないのだと、いや、理想はどこまでいっても理想にすぎず、そんな男はこの世にいないのだと、そんな諦《あきら》めの境地に達していたようだ。しかし……

この男は任務に失敗し（どんな任務だったのだろう）、部下たちを死なせた責めを、ひとり負おうとしているらしい。死ぬつもりでいるのだ。そして、その任務を理恵たちが引き継ぐのを望んでいる。そのことに一切の迷いはないようなのだ。この、名前も知らない男は——

「…………」

ふいに胸の底から何か熱いものがこみあげてくるのを覚えた。待って、と理恵はそう言おうとした。待ってください、とそう言うべきだった。

しかし、理恵がそう思ったときには、男は小銃をバトンのように左右に振って、ここだ、ここでいい、とめてくれ、と静かにそう言ったのだった……

11

きゃあああぁぁ！

背後で悲鳴が湧《わ》きおこった。

悲鳴は一人があげたものではなかった。

益美が、智世が、美佐子が、愛子が、そして他の誰《だれ》にも増して志保が——

魂消《たまぎ》るような声で悲鳴をあげたのだった。

それと同時に数人の人間が揉《も》み合うような音が聞こえた。スライド・ドアが乱暴に開けられる音が鳴り響いた。

一瞬、男は振り返ったが、すぐに自分には関係のないことだと思いなおしたらしく、そのまま何事もなかったように、助手席のドアを開けた。

「待ちなさい。出ては駄目！」

丸山婦長が叫んだ。

彼女は誰に向かって叫んだのか。男に向かってだろうか。それとも遠藤志保に向かってだろうか。

が、丸山婦長のその叫びはあまりに無力だったようだ。彼女の叫びは誰にも届かなかった。

そのときにはすでに男は小銃を持って救急車から下りていた。そして、闇《やみ》のなか、それに向かって、静かに歩み去ろうとしていた。

「待って」理恵が言った。「行かないで」

が、男は振り返ろうともしなかった。そもそも理恵の声が聞こえたかどうかも疑問だった。いや、聞こえても、多分、振り返ることはしなかったろうが。

そのときには志保も悲鳴をあげながら闇のなかに飛び出していた。

「ああ、ひどい。何てことを。ああ、何てことを——」

その振り絞る絶叫が闇のなかに悲しげに尾を曳《ひ》いて響いた。

片道二車線のハイウェイの両端に、それは、はるかに空を沖《ちゅう》して聳《そび》えていた。

二本の門柱のように、と言おうか。あるいはトーテムポールのように、と言うべきだろうか。

それは門柱でもなければトーテムポールでもなかった。そんな門柱があっていいものではない。そんなトーテムポールがあっていいものではない。

もし仮に、それを門柱と認め、トーテムポールと見なすのであれば、その門に入るべきもの、そのトーテムポールに崇《あが》められるべきは、ただ一つしかないだろう。

それは〝死〟なのだ。〝死〟であるはずだった。

そう、その二本の〝塔〟は、ある意味では、数えきれないほどの〝死〟のコレクションというべきだったろう。すなわち、そこには、おびただしい人間の残骸が積み重ねられていたのだった。

残骸?……その言葉は人間に対してあまりに冒瀆的《ぼうとくてき》にすぎるだろうか。あるいはそうかもしれない。でも、それ以外の、どんな言葉で、それ、を言いあらわすことができるだろう。

腕、足、頭、胴、腰、体の右半分、左半分……おびただしい眼球、おびただしい鼻、おびただしい耳……そして内臓が——食道、胃、回腸、十二指腸が——それらのものを剝《は》がされた皮膚が（頭髪、乳房、鼻、陰茎、膀胱《ぼうこう》などがこびりついている）肉色のシーツのように覆っている。そして、それを、長い、長い消化管——舌から始まって、食道、胃、膵《すい》臓《ぞう》とつながり、長い腸を経て、直腸から肛門《こうもん》にいたるまでの——が、まるで荷物を梱包《こんぽう》する紐《ひも》でもあるかのようにぐるぐるに縛りつけているのだ。

血、リンパ液、脳漿《のうしょう》、腐液、尿《にょう》……なによりもタール状に宿便と化した糞《ふん》が、木々の枝から落ちる雨滴に、たらたらと滴って、発酵し、人魂めいた青白い燐光《りんこう》を放っている。糞便とも、腐った内臓ともつかないものがブツブツと泡だっていて、そこに無数の蛆《うじ》がうごめいていた。真っ黒な蝿《はえ》が群れをなしてたかっていた。

そして、この臭い！　これはもう腐臭などという言葉で説明できるものではない。腐臭でもなければ悪臭でもない。べつの、まったく違うなにかと考えるべきではないか。そのなにかが圧倒的な存在感を漲《みなぎ》らせてそこに立ちふさがっていた。

これは〝死の王国〟の栄えある香り……〝腐敗の王〟を誉めたたえるべき（ハレルヤ！　おお、ハレルヤ！）極上の香水……人みないずれはそれにひれ伏すことになる蛆虫とバクテリアの芳香剤……

看護婦たちは、まずは、たいていの悪臭に慣れている。が、それでさえ体調の悪いときには、尿検査の尿の臭《にお》いにすら、吐き気を催してしまう。臭いが、人に及ぼす影響には、ことほどさように微妙にデリケートなものがあるのだ。要するに、看護婦たちが何をどう思おうと、じつは、人が悪臭に慣れることは決してない、と言い切ってもいいかもしれない。

ましてや、これは人類がいまだかつて、ほとんど体験したことのない臭いであり、〝悪〟そのものが放つ臭いでもあって――

多分、人類は、これと同じ臭いを、アウシュビッツで、あるいはシベリアの収容所《ラーゲ》で嗅いだことがあるはずなのだった。

「オエーッ」

「ゲーッ」

「ううぅ」

看護婦たちは呻《うめ》き声をあげた。嘔吐《おうと》の声を放った。車の外に転がり出て、あるいは窓から首を出して、吐いた。

彼女たちは、自分たちが素人《しろうと》同然に嘔吐するのを内心で恥じたが、じつは、そこには恥ずべきものは何もなかった。

なぜといって、これは人類の〝悪〟そのものが放つ臭いであったからだ。

彼女たちは、日本赤十字・丸山班の看護婦たちは、このとき、その〝悪〟を受け入れるのを、嘔吐することで、いわば全身でもって拒否したのだった。

彼女たちは誰もそのことに気がついていなかった。しかし、このとき彼女たちは、その〝愛〟と〝奉仕〟と〝献身〟の精神で、人類そのものの病《やまい》を癒すべく、史上、最強のナースに選ばれたのだった。

「ああ、ひどい……ひどい……こんなことが……こんなことが……」

志保が、〝死の塔〟の一つに身を投げかけて、血の泥濘《でいねい》を掻《か》きむしるようにしながら、号泣を放っている。

彼女が胸に抱きしめているのは、この〝死の塔〟にあって、めずらしく五体がそろっている死体であった。五、六歳の女の子の死体である。かわいい。それだけに哀《かな》しい。

まだ若い女性が、〝死の塔〟の礎石の一つとして積まれながら、その少女をしっかり胸に抱きしめていた。

おそらく母親ではないか。容貌《ようぼう》が似ているかどうかを確認できればそれもはっきりさせることができるのだろうが。

頭部と、両腕だけを残し、その上半身の皮膚しか残されていないのでは、容貌が似ているかどうか、そのことを確認するすべがない……

「……ひどい……ひどすぎる……こんなことが……こんなことが……」

志保のすすり泣く声が地を這《は》って聞こえていた。このときから志保は女の子の死体を抱いたまま、ひたすら自分のなかに逃げ込むばかりで、外界との接触をまったく失ってしまうことになるのだが。

さすがに、こういうとき、もっとも早く自分を取り戻すことができるのは丸山婦長ならではのことだった。

「主任、しっかりしなさい。わたしたちはあなたが頼りなのよ。あなたがそんなことでどうするの」

その声に、頭を殴りつけられたかのように感じ、理恵は、ハッとわれに返った。

気がついたときには体が反射的に動いていた。救急車の外に飛び出していた。自分でもそうと意識せずに叫んでいた。

「益美、智世、何してるんだ、グズグズすんじゃないよ。さっさと志保を救急車に連れ戻しな——」

理恵の声に、ほかの看護婦たちも、ようやく我に返ったようだ。

益美と智世のふたりが、理恵につづいて、救急車から前後して飛び出し、志保のもとに走っていった。

そのことを確認したうえで、理恵は男のあとを追おうとした。

——あの人は重傷を負っている。

理恵は胸のなかで叫んでいた。

——わたしは看護婦としてあの人をこのまま放ってはおけない……

その叫びは、たしかに、真摯《しんし》で切実なものではあったが、その一方で、ほんとうにそうなのか、と胸のなかで自問する声があったのも否定できない。

——ほんとうに看護婦としてなのか。あるいは一人の女としてではないのか。

そのときのことだ。

ふいに〝死の塔〟が頂上のほうからわらわらと崩れ始めたのだった。

最初は徐々に、しだいに速度を増して、やがてはなだれるように——

ベシャベシャと湿った音がたてつづけに響いた。胸の悪くなるような音であり臭いであった。血と腐液が八方に飛び散った。次から次に男のうえに死体の残骸が降りつづけるのだった。

ありうべきことだろうか。しかも、その残骸が、血の泥濘のなかでのたうち回り、這い、起きあがって、一斉に、男に向かって襲いかかっていったのだ。

男に動じた様子はなかった。おそらく、こうなることをあらかじめ予想していたのだろう。

ステップバックしてライフルの銃床を肩に跳ねあげた。

銃声がとどろいた。

たてつづけに銃火がひらめいた。

薬莢《やっきょう》が放物線を描いて蹴《け》り出された。

男の射撃はきわめて正確だった。銃火がひらめくたびに、〝死体〟たちが血と体液をふり撒《ま》いて、後ろざまに倒れていった。

この男はただの自衛隊員ではないようだ。なにか特別な訓練を受けている。特殊隊員《コマンド》とでもいうのだろうか。きわめて有能で勇敢な兵士であった。

しかし、だからといって、それが何だと言うのだろう。どんなに射撃の腕に優れていても、たかの知れた銃弾などで、一度、死んだ人間を、ふたたび葬ることなどできようはずがないではないか。

男は、しだいに〝死体〟たちに取りかこまれていって、やがて、その姿は〝死体〟に埋もれて見えなくなってしまう。

銃声がとぎれた。

「…………」

理恵はただそれを見ているだけだった。

あるいは男の救出に駆けつけるべきだったかもしれない。いや、じつのところ、駆けつけたところで、救出などできなかったろうが、それでも助けようと努めることで、いくらか、その悲しみは癒されたろう。

が、そうしなかった。そうできなかったのではない。あえて、そうしなかったのだ。

――ことは人間の尊厳にかかわることなんだからな。失敗したじゃ済まされない。だから、おれはあんたたちに頼みたいんだよ。

それというのも、理恵の脳裏に、あのときの、あの言葉がよみがえったからだった。

――あんたたちだったら、あいつらが故郷《くに》に帰るのをそのまま見過ごしにはしないだろう。多分、あんたたちだったら、おれたちのように失敗はしない。

……そのあとの経過はよく理恵の記憶に残されていない。

気がついたときには、自分で救急車を運転し、山の麓《ふもと》にあると聞いた「機墜落事故対策本部」に向かっていた。

心のどこかが石のようにこわばっているのを痛いほどに感じていた。それは、いずれは雪溶け水のように溶けて、悲しみを誘うことになるだろうが、いまはまだ硬いままに放っておくしかない。

いまはまだ悲しむべきときではない。ほんの数分間だけの、名前さえ知らなかった恋人よ、いまはまだ、あなたの死を悼むべきときではない。そう、いまは、まだ……

「何があったのかは知らないけど、とにかく本部に行ってみましょう。わたしたちもそこで装備をかためる必要があるわ。それから山に戻るべきだわ」

と丸山婦長がそう言うのに対して、

「えーッ、山に戻るんですか」

と智世が不満げに応じたが、これはいわでもがなのことで、じつは智世も含めて、丸山班の全員が、自分たちは山に戻るべきだと覚悟していた。

こういうときに日赤の看護婦たちが働かなくていつどこで働けばいいというのか。

救急車を取りかこむ闇のなかに〝死体〟たちが動きまわっていた。

地を這い、闇を縫い、藪《やぶ》にひそんで、ヒソヒソとうごめいていた……

「地獄だわ」

と山瀬愛子が言う。

「これは地獄よ」

そうじゃない、愛子よ、と理恵は胸のなかで呟《つぶや》いた。

――多分、これからが、ほんとうの地獄であるはずなのだ……

第四部　聖戦

1

……なにかを感じた。
なにかを、
かすかに霧がたなびいて、
霧が切れ、そこに、
多分、青い色を、
そう、鮮やかに、澄んだ、青い色を——
暗灰色の濃い霧に閉ざされた意識のなかにかすかに見た気がする。
——この色は何なのか。
濃い霧は、塁壁のようにいよいよ厚く、意識をさえぎって、もう何も見たくない、何も知りたくない、という思いは、いっそう募《つの》るばかりであるのだが。

閉ざされた意識のなか、その、どこか一点に、青い色を透かし見ることで、かろうじて外界を窺《うかが》い知ることができるようなのだ。

わからないのは、

——この青い色は何なのか。

という、そのことなのだ。

もう何も見たくない、何も知りたくない、とまで思いつめているのであれば、この濃い霧に自らを封じ込めるまま、囚《とら》われ人であるわが身の境遇に、自足してもいいはずではないか。

それが、霧の切れめに、青い色を見た気がしているばかりか、あまつさえ、その透明な色彩に、なにか憧憬《どうけい》に似た思いさえ抱いているかのようで……

わからないとしか言いようがないのだが、

——この青い色は何なのか。

あらためて自問し、何だ、この青い色は、悲しみではないか、とそのことを自覚したとたん、まわりを包んでいた濃い霧が、ふいに上空に吹きあがり、一気に晴れわたったかのように感じた。

そして、そのときに、自分が遠藤志保という看護婦であることを、あらためて自己確認させられることになったのだった。

それまでは自分が遠藤志保であるということさえほとんど自覚していなかった。そのことを意識していなかったわけではない。意識はしていたが、だからどうなのか、そんなことはどうでもいいではないか、という、鈍く、無感動な思いに、自らを閉ざしていたのだった。

志保は自分はすべての感情を枯渇《こかつ》させてしまったものと思い込んでいた。もう自分には感情などというものは縁がないとさえ思っていたのだ。

が、そんな志保にも、ただ一つ、悲しみ、という感情だけは残されていたようで、〝悲しみ〟は青い色として意識され、それが彼女をして、無感動の地層からボーリングさせたわけなのだろう。

悲しみは青い色――

暗く、鈍い思いは、無感動な霧となって意識を閉ざしているが、その霧の切れめに、一瞬、かいま見ることのできる、はるかに青い空なのだ。

「…………」

気がついたときには車のバックシートで少女の死体を抱いて揺られていた。

あの僧侶の車である。

すでに車は山を下りていた。街に向かいつつあった。

窓外には、何の変哲もない郊外の風景が単調にひろがっていて、コンビニ、大型店舗、ファミリーレストランなどが、夜の明かりのなかに無機的に浮かびあがっていた。

何事もなかったかのように、いや、事実、この街では（ほかの、どの街でも同じなのだろうが）、ことさらに語るべきことなど何も起こらなかったのにちがいない。

ジャンボ機墜落事故の犠牲者たちが、動きまわって、生者を襲っているなどという話は、テレビのニュースで報じられることはなかったし、ついに新聞にその記事が掲載されることもなかったのだから。

——世はなべて事もなし。

たしかに、何も起こらなかったのではないか。志保自身もそんな気がしていた。

いろんなことが起こったようだが、いま、志保の意識にあるのは、鮮烈なまでに澄んだ青い色、ただ、それだけであるのだから、他には何も残っていないのだから。

——そうか。

それでも、次第しだいに、これまでの経過が思い出されるようであった。

あのあと、若い僧侶が、自分の車で、彼女を町の病院まで送ってくれることになったのだ。

僧侶は、少女の遺体を、助手席に横たわらせようとしたのだが、志保は、どうあっても少女を手元から離す気になれず、だだをこねて、抱いたままにさせて貰ったのだったが……

そのことも思い出した。

思い出してもわからないのは、どうして自分が急に正気に戻ったのか、というそのことだった。

なるほど、たしかに、青い色が、その〝悲しみ〟の色が、志保をして、無感動な灰色の世界から呼び戻したのだろうが、その、そもそものきっかけは何だったのか。

——どうして自分は急に正気に戻ったのだろう。

そんなことに頭を悩ませるのも妙な話であるのだが、そうであっても、そのことは気にかけざるをえないではないか。

あの〝死の塔〟に、母親に（皮膚だけの母親に！）抱かれた少女の死体を見てからというもの、とめどもなしに自閉に落ち込んでいった自分が、なにを契機にして、正気に戻ることができたのだろう。

思えば、死んだ母親に抱かれた死んだ少女の姿が、あの、石のように硬くなって死産された赤ん坊の姿に重なって、それが志保をして一気に自閉に追い込むことになったのに違

いないのだが、

――いったい自分は、何を契機にして、正気に戻ることができたのか。

そのことを不審に思わざるをえない。

2

そのとき腕のなかで死んだ少女がかすかに身じろぎしたのだった。志保はあらためて少女を抱きなおし、そうか、このことがあって、それで自分は正気に戻ったのか、とそのことが納得されて、

――そうじゃない！

ふいに志保は頭のなかを誰かに蹴とばされたような衝撃を覚えた。どうして死んだ少女が身じろぎするのが納得されるだろう。そんなはずがないではないか。

腕のなかで死んだ少女がふいに重くなるのが感じられた。それはもう少女の重さではない。少女のなかに何かが入り込んできて、その何かの重さなのだ。

「…………」

志保は愕然として少女を見つめた。

少女のほうでも志保のことを見つめていた。その目をカッと見ひらいていた。その乾いて白濁《はくだく》した目は、しかし志保の姿を映してはいないようだ。なにか、はかない翳《かげ》のようなものが移ろっているだけなのだ。その翳は、おそらく、この世のものではない。

少女はにんまりと笑いを刻んだ。いや、これを笑いと呼ぶのは、はばかられる。似て非なるものなのだ。何の感情もともなわずに、ただ唇の両端を機械的にキュッと吊りあげただけのものなのだから。

少女の喉からゴロゴロという喘鳴音が聞こえてきた。そして、これはもう絶対に少女のものではありえない〝声〟が、

――その子はわれわれのナビゲーターなのだ……われわれにはその子が絶対に必要なのだ……われわれが帰還するためには何としてもその子が要るのだ……

それは、たしかに少女の口を藉《か》り、空気を震わせる現実の声ではあったろう。が、それ以上に、ここではないどこか、その〝魔界〟の瘴気《しょうき》を震わせ、伝わってくる声のようでもあったのだ。

――その子をわれわれに渡せ……その子はわれわれにとって必要な存在なのだ……その子をわれわれによこせ……

車が急ブレーキの悲鳴をあげた。いや、現実にも、運転している僧侶が悲鳴をあげたの

だった。その二つの悲鳴が重なって、なにか車内の空気が熱く爆ぜたかのようだ。

車はコントロールを失い、蛇行した。エンジン音が金切り声の悲鳴をあげる。悲鳴のようにも笑い声のようにも聞こえた。

ヘッドライトに照らされたアスファルトの路面が酔っぱらうように右に左に揺れる。中央分離帯のブロックが近くになり遠くになって、これも何か酔っぱらっているかのようだった。

——われは〝死と腐敗の王〟——究極の支配者にして究極の勝利者。われに額《ぬか》ずけ。われに慈悲を乞《こ》え。而《しこう》してのちに、人間よ、絶望せよ……

志保の腕のなかで少女の体が急速に重くなっていった。信じられないほどの重さだ。ほとんど鉛のかたまりを抱いているかのようだ。いまにも腕が抜けそうではないか。太股に食い込んで、いまにも骨が砕けそうではないか。

志保はその苦痛に耐えた。ほかの誰でもない、婦長でもなければ、主任でもない。ここは自分ひとりで耐えなければならないことがわかっていた。

——だれがおまえなんかに慈悲を乞うものか。だれが絶望なんかするものか。

自分でも思いがけないほどの怒りがこみあげてくるのを覚えた。目がくらむほどの激しい怒りだ。自分のなかにまだこれほどまでに激しい力が残されていたのか！　これまでズッと、〝恐怖〟に打ちひしがれ、麻痺《まひ》するような無力感に耐えてきた……そんな、これまでの自分が、まるで嘘のように思えるではないか。

——この子は渡さない。誰がおまえなんかにこの子を渡すもんか！

死んだ少女の体がいよいよ重みを増していった。太股がめしめしと音をたてた。腕が抜ける……骨が砕ける……が、そんなことが何だというのだろう。

志保は少女の体を離そうとはしない。むしろ、ひしと胸に抱き寄せる。その胸のなかで懸命に祈っていた。——わたしはどうなってもいいですから、ああ、神様、わたしはどうなってもいいですから……少女が暴れだした。背を反らし、ゲラゲラと笑い、身をよじり、悲鳴をあげる。志保の苦痛はいや増すばかりだ。だが、そう、それが何だというのだろう。

「安らかに逝《い》きなさい。いい子ね。怖がることは何もないのよ。向こうでは優しいお母さんが待っているわ。だから怖がることは何もないのよ——」

気がついたときにはすべてが平常に戻っていた。

車はとまっていた。僧侶が阿弥陀経を唱えていた。そして少女は安らかに死んでいた……

「…………」

志保はソッと少女の顔を撫でた。

この子はこんなにも優しく愛らしいというのに……ふいに涙が噴きこぼれてきた。その涙に少女の顔が滲《にじ》んで揺れていた。まるで別れを告げているかのように。

僧侶が読経をやめた。そして志保の顔を見つめ、畏怖《いふ》の念をこめて言った。

「あなたこそみ仏だ……」

いいえ、と言い、志保は首を振って、かすかに笑った。このお坊さんは何て滑稽《こっけい》なことを言うんだろう。

「わたしはただのナースです」

そして、死んだ少女の体をソッと座席に横たえると、

「勝手を言って申し訳ありません。山に戻っていただけないでしょうか」

「…………」

僧侶はしばらく志保の顔をジッと見つめていた。頷いた。それも二度。最初はあいまいに、次には力強く――

前方に顔を戻し、エンジンをかけると、いきなり交通法規無視のUターンをかけた。

タイヤは激しくきしんだが、それが志保の耳には、まるで再生と復活を告げる、歓喜のおたけびのようにも聞こえたことであった。

……彼女たちはいまだかつてこんなものは見たことがない。

いや、彼女たちにかぎらず、およそ有史に生を受けた人間で、誰ひとりとして、こんなものを見た者はいないのではないか。それはじつに人類が初めて目にするといっていいものなのだった。

3

スカイ・ハイウェイを登り、頂上に達し、それを目のあたりにしたとき、丸山班の看護婦たちは、驚愕《きょうがく》のあまり、一言も発することができずに、その場に立ちつくしてしまった。繰り返す、人類はいまだかつて誰一人としてこんなものを見たことがなかった。こんなものは想像したことすらない。

ジャンボ機が墜落したために、頂上を覆っていた常緑樹林は、そのほとんどが燃え尽きてしまい、一帯、ただ荒涼とした禿《は》げ山に変わってしまっている。

夜明け前の闇のなか、そこかしこに煙がくすぶり、赤く、あるいは青白く、ちろちろと鬼火めいて、炎が舐めている。その炎と黒煙とが、山頂の光景にきわだったコントラストをなしていて、光と影とがくっきりと二分されているのだった。

それも、その姿を、炎の明かりと、黒煙から生じる翳とに二分されて、まるで光と闇の、両方の「王国」を跨《また》いで存在し、どちらに身を寄せるべきか、迷っているかのように見えるのだった。

しかし、それにしても、それのことをどう形容したらいいものか。いや、そもそも形容することが可能なのかどうか。

丸山班の看護婦たちが一様に言葉を失うのも当然で、人類はまだ、それを形容するのにふさわしい言葉を発明していないのかもしれない。

それは──

その全体の骨格を、墜落して、炎上したジャンボ機に負っていた。箇所によっては、航空機のフレームがそのまま使われていて、まるでつぎはぎの衣装のように、ところどころジュラルミンの外装を残している。が、フレームはところどころ折れているし、外装もそこかしこが剝《は》がれ、床構造も無残に陥没している。尾翼はかろうじて残されているが、両翼は、一部のフレームだけを残し、ほとんど燃え落ちてしまっている。要するに、ここにあるのは、航空機の残骸《ざんがい》であって、いや、残骸の名にも値《あたい》しない、つまりは残滓《ざんし》といっていいものなのだ。

が、それを、たんに航空機の残滓とのみ言い切れないのは、その残滓が、じつに、おびただしい人間の骨によって繋ぎあわされているからなのだ。

フレームのそこかしこを、無数の胸骨、頸骨、胸推、腰推などが結んで、それをチョウの羽のようにひらいた仙骨や、肩甲骨などが一つに繋いでいる。湾曲したフレーム部分には大小の肋骨が塡《は》め込まれ、さらにまるい部分には、頭蓋骨の後頭骨、頭頂骨、側頭骨などが使われ、それを蝶形骨が繋いでいる……

つまり、ここにあるのは、髑髏《されこうべ》の航空機なのである。

髑髏の航空機などと言えば、野ざらしの漂白されたような骨格が連想され、なにやら清潔な印象を受けるかもしれないが、もちろん実体がそんなものであるはずがない。

いずれも部分遺体、離断遺体が利用されているのであるが、死後、まだ二十四時間と経過していない死体ばかりで、髑髏、と呼ぶのにはあまりに生々しい。そこかしこに腐肉がこびりついて、皮膚が残され、ぬるぬると腐液がしたたるなか、頭髪が海草のようにそよいで、目玉が浮かんでいるのだ。

航空機の頭部、かつてコクピットのあった部分には、ほとんど無数といっていいほどの〝顔〟があった。どこもかしこも〝顔〟ばかりなのだ。むろん原形そのままをとどめている〝顔〟は皆無といっていいのだが。

左半分、右半分、斜めに削がれて上部の欠けたもの、その逆に顎部分だけのもの、損傷した頭蓋骨にかろうじて皮膚が張りついているもの……
〝顔〟を〝顔〟が支え、さらにその〝顔〟に〝顔〟が重なって……
〝顔〟、〝顔〟、〝顔〟、〝顔〟が、〝顔〟、〝顔〟、〝顔〟、〝顔〟に……どこまでもびっしりと埋めつくされ……

しかし不思議なことに、それをことさら酸鼻なものに見せているのは、損傷を受けている〝顔〟ではないのだ。

それら、無数の不完全な〝顔〟のなかにあって、ただ一つ、完璧なフォルムといっていい〝顔〟が混じっていて、それは（奇跡的にと言うべきか）かすり傷ひとつ負っていない。まだ二十代の若い女性で、その青ざめ、つつましげに目を伏せた表情は、いかにも清楚に美しい。

彼女の顔は、船首飾り《フィギュアヘッド》のようにコクピットの中央を占めているのだが、なまじ、それが清楚に美しいだけに、かえって、まわりの〝顔〟をグロテスクにきわだたせてしまう。

これほど陰惨に人間を冒瀆するものはないのではないか。その醜悪な配図のなかにあっては、彼女の美しささえも、人間を冷酷にカリカチュアライズするものにしかならない。ここでは、人間が持っている、すべてよきもの、美しいものは、その、すべて善いこと、美しいことによって、逆に嘲笑の的にされているのである。

「…………」

それを見つつ、丸山班の看護婦たちはあいかわらず言葉もない。

呆然《ぼうぜん》としている、などというありきたりの言葉で、彼女たちのショックを説明することはできそうにない。

この世の秩序を維持しようとするのがナースという仕事であろう。

が、それは——すでにそれが存在するというそのこと自体によって、放屁とともに混沌《カオス》の勝利を唄い上げ、ナースという仕事をおとしめて、泥にまみれさせずにはおかないのだ。

風が吹いている。生臭い地獄の風だ。

風はしだいに強くなっていって、強いうえにも強くなっていき、亡霊のように痩せほそった木々をざわめかせ、地を這う炎に歓喜のおめきをあげさせ、黒煙にぐるぐると渦をえがかせ、そして——

バァアンッ、、、

という轟音とともに、航空機の、その両翼のあいだに、人間の皮膚を繋ぎあわせた人皮布が巨大な帆のように張りわたされ、音をたてて風にはためいた。

人間の皮膚を繋ぎあわせたといっても、そこには顔の残骸、胴の残骸、手足の残骸が、ミイラのようにひからびて残されていて、その風にはためく帆の音が、

ワアアアァァルルルゥウ……

まるで、おびただしい彼、もしくは彼女たちの哀しみ、嘆き、怒り、絶望をないまぜにして、夜空に尾を曳《ひ》いてこだまさせているかのように聞こえるのだった……

理恵の頭のなかに名前も知らないあの男の声が聞こえてきた。

あいつらをそのまま帰しちゃ駄目なんだ。人間はそのための生贄《いけにえ》にされるようなものなんだからな。そんなことを見逃すわけにはいかない。何としてもあいつらが帰るのを阻止しなければならないんだ……

おれたちは失敗した。だけど、こいつは失敗した、では済まされないことなんだ。だって、そうじゃないか。ことは人間の尊厳にかかわることなんだからな。失敗したじゃ済まされない……

だから、おれはあんたたちに頼みたいんだよ。あんたたちだったら、あいつらが故郷《くに》に

帰るのをそのまま見過ごしにはしないだろう。多分、あんたたちだったら、おれたちのように失敗はしない……

理恵は運転席の森村智世を見た。智世も理恵の顔を見た。その顔が緊張している。が、ニヤリと笑った。ふてぶてしい、もとレディースの顔だった。ふてぶてしいが美しい。タバコをくわえ、ジッポのライターをかちあげて、それに火をつけた。煙を大きく吸って、それをゆっくり吐いた。そしてステアリングをしっかり握った。

「…………」

それを見とどけて、理恵はほかの仲間たちの顔を見まわした。

斉藤益美

安田美佐子

山瀬愛子

丸山婦長が理恵を見て頷いた。理恵はそれに頷き返した。そして低い声で言う。

「行こう」

4

〝航空機〟が轟音とともに発進した。その翼が帆をはらんでガタガタと震えた。

血と腐液がスプリンクラーのように音をたてて四方に飛び散った。蛆《うじ》が、無数の蛆が、もつれあい、からまりあって、ボタボタと地に落ちた。

帆が風を切る音とも、死者たちが嘆いているともつかないあの音が、うあああぁぁるるぅ、と夜空にとどろいた。

救急車は、〝航空機〟に向かって、真正面から突っ込んでいった。

救急車はサイレンを鳴らしていた。屋根の回転灯をともしていた。救急車のサイレンは赤十字の進軍ラッパであり、その回転灯は先頭にはためく軍旗でもあったろう。

救急車のフロントグラスに〝航空機〟が急速に迫ってきた。このままでは正面衝突を避けられない。

が、智世は、ステアリングを切ろうとはしない。速度を落とそうともしない。それどころか笑っていた。もとをただせば筋金入りの暴走族だ。これぐらいのことでビビるはずがない。

ほかの看護婦たちも智世に救急車の進路を変えろとは言わない。これ以外に〝航空機〟の離陸を阻止する方法はない。彼女たちの任務は遺体の回収なのだ。あれだけの遺体をみすみす持ち去られるわけにはいかない。そんなことを許せば遺族がどれほど悲しむことになるか。——それに、ここまで来たら、どうせ何を言ったところで、智世が人の言うことなどきくはずはない。

ふいに〝航空機〟から、三つ、四つ、と何かが飛び出した。そして救急車に向かって飛んできた。

「ゲエッ」

とこれは愛子が言った。

それは肋骨だった。肋骨にひからびてミイラ化した皮膚が張りついている。その肋骨がどういう構造になっているのか、ギクギクとその嚙み合わせを鳴らし、羽ばたいているのだ。コウモリに似ている。皮膚に風をはらんで飛んでいるのだった。

肋骨だけのものもある。が、なかには、頸骨に繋がって、人の顔がついているものもある。男とも女とも見分けがつかない。ひっそりと目を閉じた怨めしげな顔だった。

肋骨が救急車のフロントグラスに降りたって群れた。体当たりを繰り返してくる。ガッ、ガッ、という鈍い音とともに、フロントグラスにクモの巣状に白い罅《ひび》が走った。

「わたしにまかして」と婦長が言う。「速度を落として！」

智世がブレーキを踏んだ。

救急車がスピードを落とした。

婦長はスライド・ドアを開けて、外に飛び出した。

こういうスタントまがいのアクションをするには、いささか丸山婦長は肥り過ぎているようだ。地面に落ちてころころと転がった。

「行きます」

愛子が叫んで、婦長のあとを追って、外に飛び出していった。

さすがに愛子は若いだけあってバランス感覚が抜群だ。一転、二転して、すぐに起きあがると、婦長を助けて抱き起こした。

二人はたがいに助けあいながら闇のなかを駆けていった。どうやら婦長はあのスナック菓子を撒いているようだ。

まさか、スナック菓子を欲しがったとも思えないが、なにか生前の記憶のようなものでもあるのか、それともたんに二人を襲おうとしているだけなのか、肋骨たちが前後してそのあとを追う。

そのとき〝航空機〟がワアァァンと轟音を発した。なにか真っ黒の雲のようなものが舞いあがり、それが救急車に向かってきた。蝿の群れなのだった。蝿の群れが救急車に襲いかかってきた。

「軍曹、行きます」

益美が立ちあがって笑う。

その手にシーツを巻いていた。ヒョイ、と手を延ばして、智世の胸ポケットからジッポのライターを取った。そして「借りるよ」と言う。

「絶対に」智世の声がやや震えたようだ。「返せよ」

益美がまた笑った。

救急車から飛び下りた。

そして、腕に巻いているシーツに、ライターの火をつけた。

シーツが青白い炎をあげてめらめらと燃えあがった。あらかじめシーツに消毒薬を染み込ませてあったのだろう。それが燃えあがって煙をたちのぼらせる。

益美はそれを振り回しながら蝿の群れに飛び込んでいった。蝿の群れが乱れた。ワアァアン、と翰音を奏でながら渦巻きになって舞った。その渦にのまれて益美の姿はすぐに見えなくなった……

次に〝航空機〟が放ったのは蛆の群れなのだった。まるで放水器を放つようにおびただしい蛆の群れを放った。あっという間に蛆の群れが地面を埋めつくしてざわざわとうねった。

救急車は蛆の群れを轢いた。そのぬるぬるとした感触にタイヤが空回りした。どうにもならない。スリップした。

救急車がスピンして横転した。看護婦たちは車内に投げ出されて悲鳴をあげた。スパークが走って、なにかの焦げるような臭いがたちこめた。

すぐに理恵が体を起こした。智世がステアリングに顔を伏せてグッタリとしていた。「智世」と叫んで運転席まで這った。抱きおこした。智世の顔は血まみれになっていた。だが、どうにか無事なようだ。ニヤリと笑い、「ミスったよ、主任」とそう言った。そして唇から爪でタバコの葉を取った。

美佐子がドアを蹴り開けた。そして運転席まで這ってきた。理恵と二人で力をあわせて智世の体を外に引きずり出した。そのときには救急車の内部がパチパチと音をたてて燃え始めていた。

「…………」

智世の体を安全なところまで運んだときにはもう〝航空機〟はすぐ目のまえまで迫っていた。轟音がとどろいた。帆が風をはらんで大きく膨れあがっていた。もうすぐにも〝航空機〟は飛んでしまいそうだった。

「――――」

それを見て美佐子が叫んだ。〝航空機〟に向かって走っていった。ランディング・ギアに飛びついた。いくら美佐子が人に優れた膂力《りょりょく》に恵まれているからといってこれはいくら何でも無謀というものだった。美佐子の体がザアッと音をたて地面を掻いて後退した。

「主任、いまのうちに、早く」

と美佐子は叫んだ。

ランディング・ギアといっても墜落のショックで原形をとどめていない。車輪はどこかに飛んでしまい、いまは、三分の一ほどになった軸足が残されているだけだ。

つまり美佐子は、自分の体を伝って〝航空機〟に上がってくれ、とそう理恵に言っているわけなのだ。〝航空機〟、とはいっても、その床は隙間だらけで、どうにでも這いあがることができる。

あれこれ迷っている暇はない。

理恵は美佐子の体に飛びついた。そして美佐子の体を伝って一気に〝航空機〟に這いあがった。じつにきわどいタイミングだった。理恵が床に這いあがるのと同時に、美佐子の体は、ランディング・ギアから吹っ飛ばされた。

理恵は床に立ちあがった。

そこに〝ルシファー〟がいた。

〝ルシファー〟の三つの〝顔〟が狂ったように吼えた。そして理恵に向かって突進してきた。

なにしろ常人の二倍はある巨体なのだ。ひとたまりもない。理恵の体はあっけなく跳ね飛ばされた。フレームをなしている骨に背中からぶつかっていった。

骨が砕け散った。床に倒れた理恵のうえにバラバラと降りかかってきた。痛かった。痛かったが、いまは自分の痛みなどどうでもいい。すぐに起きあがろうとした。が、そのときには、〝ルシファー〟がのしかかってきて、その両手で、グイグイと理恵の頚を絞めつけてきた。

理恵は何とか抵抗しようとしたのだ。懸命にあらがった。が、〝ルシファー〟の圧倒的な力をまえにして、たかの知れた人間の力などで何ができるだろう。

理恵は急速に意識が遠のいていくのを覚えていた。そのかすれた意識のなかに〝ルシファー〟の笑い声が聞こえた。

「しょせんは無駄なことだ。すべては〝死の王国〟に落ちていくさだめにあるのではないか……われは〝死と腐敗の王〟——究極の支配者にして究極の勝利者……われに額ずけ。われに慈悲を乞え。而《しこう》してのちに、人間よ、絶望せよ」

その笑い声に重なるようにして、アアウゥルルー、という死者たちの嘆きが聞こえてきた。死者たちは絶望していた。

そして、そのときの理恵は、死者たちに劣らず、絶望していたのだったが。

「主任——」

声が聞こえた。叫んでいた。

——志保の声だ。

理恵は驚いた。こんなに驚いたことはないといっていい。

が、いまの理恵には、驚いている暇もまたないのだった。

〝ルシファー〟が咆哮した。その体がグラリと揺れた。理恵の喉を絞めている手から力が抜けた。

——志保が〝ルシファー〟の脊髄に局所麻酔を打ったのにちがいない……

そう気がついたときには理恵もまたポケットから注射器を取りだしていた。無我夢中で〝ルシファー〟の腕に打った。シリンジを押した。麻酔薬だ。

〝ルシファー〟がまた咆哮した。が、今回の咆哮は、前回よりもはるかに弱々しいものだった。理恵は必死に〝ルシファー〟の体を押し退けた。〝ルシファー〟の体がゴロリと床に横たわった。

アアアウウルルルルゥー

また死者たちが声を放った。

が、それは絶望の声ではなかった。悲嘆の声でもない。むしろ歓喜の声といってよさそうだった。

〝航空機〟がガタガタ音をたてて激しく振動した。

人骨のフレームが外れた。人皮の帆がちぎれた。次から次に床が陥没していく。今まさに〝航空機〟が崩れようとしているのだ。コクピットの〝顔〟たちが口々に悦びの声を放っていた。

振動がさらに激しさを増した。もういまにも壊れそうだった。

「逃げましょう」

志保が理恵を抱き起こしてくれた。理恵はよろよろと立ちあがる。

気がついたときには理恵は志保とともに〝航空機〟の外に飛び出していた。

いや、もう、それは〝航空機〟ではない。帆が吹っ飛んで、なにか爆発するように、骨が、遺体、人皮が、バラバラになって、ゆっくりと宙に舞い散った……

理恵は志保と一緒にごろごろと地面を転がった。

そして、ようやくとまった。

理恵はただ荒い息をついていた。なにも考えることができず、なにも感じない。全身が火のように熱い。疲れたなどという生易しいものではない。そもそも立ちあがることができそうにないのだ。

「大丈夫ですか、主任——」

志保が心配そうに理恵の顔を覗き込んできた。

その志保に向かって理恵は笑いかけた。万感の思いをこめて言った。

「お帰り、志保」

5

朝になった。

理恵、志保、益美、美佐子、愛子の五人は徒歩で山を降りていった。

丸山婦長は、怪我を負った智世を連れて、あの僧侶の運転する車で、さきに山を降りていった。

途中、隣りの県から派遣されてきたらしい日本赤十字社の看護婦たちに会った。総勢二十名あまり、彼女たちは意気軒昂《いきけんこう》で、颯爽《さっそう》としていた。

彼女たちは理恵たちの様子を見て驚いたらしい。なにしろ五人ともに、無残なほどに傷だらけ、泥まみれなのだ。

たがいに敬礼をかわしたあとで、

「そんなにあっちは大変なんですか」

と責任者の看護婦が訊いてきた。

理恵はすぐには返事をしなかった。しばらく考えて、いえ、と言い、首を振って、

「それほどのことはありません。そんなに大変というほどではないです」

にっこりと笑った。

「何があってもナースがいれば大丈夫ですよ」

ハルキ・ホラー文庫 H-や 1-1

ナース

著者 山田正紀《やまだまさき》
2000年8月28日第一刷発行

発行者 角川春樹

発行所 株式会社角川春樹事務所
〒101-0051東京都千代田区神田神保町3-27 二葉第1ビル

電話 03(3263)5247［編集］ 03(3263)5881［営業］

印刷・製本 中央精版印刷株式会社

フォーマット・デザイン 芦澤泰偉＋野津明子
シンボルマーク 西口司郎

ISBN4-89456-747-4 C0193

http://www.kadokawaharuki.co.jp/

ハルキ・ホラー文庫

山田正紀
ナース
書き下ろし

ジャンボ機が標高一〇〇〇メートルを越す山中に墜落。日本赤十字の七人の看護婦《ナース》たちが急遽現場へ向かうことになった。そこで見たものは想像を絶する地獄絵図。そして、医者も自衛隊も警察も男たちは全て頼りなく総くずれとなり、襲いかかる未知の化物に、世界を救うべく、七人の女戦士たちは、立ち向かっていくことになるのだが……。鬼才が描く、壮絶ノンストップホラーアクション。

井上雅彦
綺霊
書き下ろし

異形の旅人。美脚を酔わせる魔物。フレスコ画の罠。緑滴る少年……。万華鏡の破片のように鏤《ちりば》められた、世にも「綺」なる超短篇怪談。星新一の衣鉢を継ぎ、ショートショートをこよなく愛する幻想の詩人にして、二十世紀末のホラー短篇シーンを塗り替えてしまった風雲児による、これが創作の原点。怪奇と恐怖と異形のショートショート集。全篇新作書き下ろし。

ハルキ・ホラー文庫

竹河 聖

ウンディネ

書き下ろし

ある満月の晩、ひとり海辺の散策に出た三田口優也は、光り輝く海面を目にする。呆然と見とれていた優也だったが、気付くと海は元に戻り、あとには一粒の光を放つ物体が残されていた。夜光虫のように輝く〝それ〟を自宅に持ち帰った彼は、恋人・夏音《かのん》とともに飼育を始めたのだが、やがて夏音は身体に変調を来し、失踪してしまう。美しき〝それ〟の正体とは果たして……。妖美なる長篇ホラー。

篠田秀幸

死霊の誘拐

書き下ろし

カウンセラーの　原久美子は、患者の少年加藤信二から恐るべき事実を知らされた。「山伏のような男を轢き殺してから、俺は能除太子の生まれ変わりだという怨霊にとりつかれている」というのだ。その夜、久美子は不倫相手の弘と車で帰宅中、なんと信二を轢いてしまう。信二は「の、能除太子」と呟きながら、息をひきとった。これも怨霊の呪いなのか？人間の孤独と不安を描くホラーサスペンスの傑作長篇。

ハルキ・ホラー文庫

新津きよみ

ふたたびの加奈子

書き下ろし

五歳になる一人娘の加奈子を交通事故で亡くした桐原容子は、夫の信樹と〝加奈子の魂〟と三人で暮らしていた。容子は食事の時も、外出する時も、いつも〝加奈子の魂〟と一緒だった。だが、そんなある日、〝加奈子の魂〟は転生の場所を見つけたらしい。妊娠三ヶ月の主婦〈野口正美〉の身体だ。容子は、ひたすら正美の出産を心待ちにするが……。愛する子を失った深い悲しみと、意外な結末が感動を誘うホラーサスペンスの傑作。

森 真沙子

朱

書き下ろし

編集者の小原貴子は、歴史学者の入江教授の別荘を訪ねたが、教授の首にはナイフが刺さり、既に息絶えていた。貴子はとっさに室内にあった原稿を持ち出した。そこには、聖徳太子の時代の恐るべき事件が描かれていた。〈疫病が蔓延していた推古二十五年の夏、飛鳥では、奇々怪々な〝首狩り事件〟が頻発していた。切断された首には必ず朱い顔料が塗られていた〉。〝首狩り事件〟の真相とは？　入江教授の死との関係は？　渾身のホラーミステリー長篇。

小沢章友

極楽鳥

書き下ろし

毒々しいほどの極彩色に彩られた豪華絢爛な羽を持ち、雄大に宙を舞う巨大な鳥、極楽鳥。愛と豊穣と災厄の女神イラハ・ロロの産み出したこの熱帯の鳥に出会ったものは、みずからの運命に出会うという。華麗極まりない羽の裏側には、無数の人の顔を小さく潰したような陰気な灰鼠色の紋様がひろがり、そのおぞましい裏羽を見たものは……。鬼才・小沢章友が描く、幻想と恐怖の壮大な世界。

中原文夫

言霊

書き下ろし

歌人でありタレント文化人として活躍している谷川茂雄。父は、祖父がたちあげた日本最大の短歌結社『流星』の主宰である。ある時、谷川はテレビの収録中に恋人である美人キャスターの謎の爆死に出会う。その後、もう一人の恋人、敵対していた英文学者が次々と爆死。原因不明の異常な事件は、やがて短歌雑誌『流星』に行きつく。言葉に内在する霊力を壮絶に描いた、スラップスティック・ホラー。

ハルキ・ホラー文庫

橋本 純

家康入神伝 江戸魔道幻譚

書き下ろし

徳川家康は南光坊天海ら密教僧に命じて、新たなる領地となった江戸を霊的防御都市とするべく開発、その力で豊臣家に成り代わって天下人たらんと目論んでいた。その動きに気付いた石田三成は、陰陽師半井を借り受け、家康の野望を粉砕するべく妨害工作を開始する。江戸と京都で繰り広げられる密教僧と陰陽師との法力合戦の勝敗はいかに！　そして現代まで続く江戸──東京の繁栄の源となった風水の秘密とは!?

松尾未来

ばね足男が夜来る

書き下ろし

製紙会社のＯＬ千野恵は、閉館間際の図書館で吸い寄せられるように黒い表紙の本を手に取った。本を開くと、そこには『ばね足男の謎』と奇妙なタイトルが──。翌日、恵にしつこく交際を迫り、付きまとっていた同僚の関口が、焼死体で発見された。恵が前日夢を見たように、炎で焼かれて……。やがて、彼女の周辺で、謎の放火事件が相次いで起こりはじめる。そこには、人々に火を吹き付け、跳躍する男の姿があった。戦慄の書き下ろし長篇ホラー。

ハルキ・ホラー文庫

島村 匠

聖痕

書き下ろし

離婚してからというもの、睡眠薬と酒に頼る日々だったわたしの前に、ひとりの女性が現れた。はづきと名のる女性は「あなたが必要なの」と言って、孤独と退廃のくらしにすんなり入り、ふたりは愛し合う——ある方法によって……。触覚と交わす言葉とが創り上げるふたりだけの世界を描く表題作のほか、視・聴・嗅・味、五官に捕らわれた人間の葛藤の澱を描く、気鋭の異色譚。〔解説 東雅夫〕

佐々木禎子

鬼石

書き下ろし

中学生になって初めての夏を迎えた幡野えりかは、自分の住む「鬼石町」の奇怪な由来を、友人の青木由佳と「鬼の博物館」で知る。やがて父の浮気から始まった家庭の危機と由佳の事故を契機に、〈それ〉は女の妄執となって町とえりかに牙を剥きはじめた。えりか十三歳、恐怖の夏休みがはじまる……。狂気が超常的力を得たときに、開放してしまった混沌の扉を、佐々木禎子が清冽な筆致で描くニューホラーノベル!!